Elsie Lindtner

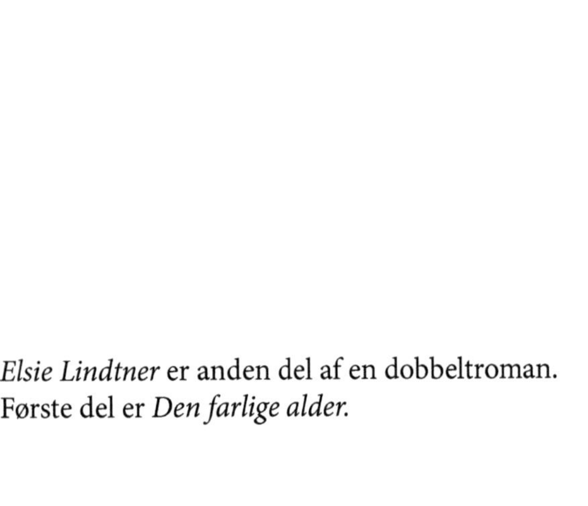

Elsie Lindtner er anden del af en dobbeltroman.
Første del er *Den farlige alder.*

Karin Michaëlis
Elsie Lindtner

imprimatur

Karin Michaëlis: Elsie Lindtner
1. udg. 1912, rev. udg. 2020
imprimatur
© 2020 Michaëlis, Karin
Forlag: BoD – Books on Demand, København, Danmark
Tryk: BoD – Books on Demand, Norderstedt, Tyskland
ISBN: 9788743026662

Monte Carlo

Kære Richardt!

Tak for pengene, og tilgiv det hasarderede telegram. Jeg lader dette brev gå til kontoret, da det ikke angår dit hjem. Du må hjælpe mig! Vi sidder her, Jeanne og jeg, som et par eventyrersker og véd hverken ud eller ind. Jeg bestiller ikke andet end telegrafere til min sagfører, men han svarer ustandseligt nej. Det menneske tillader sig at hovmesterere mig, som havde han rådighed over både min formue og min person. Naturligvis er det mig mere end ubehageligt at ty til dig, men du er den eneste, jeg kan tænke mig at gå til, om jeg ikke vil risikere afslag.

Jeg har spillet, vundet og tabt. Til sidst tabt, såvel hvad der stod på mit kreditiv, som det, Riise nådigst sendte mig pr. telegraf. Dine penge varede to timer, så var de borte. Jeg har pantsat, hvad jeg ejede af værdi. Og jeg *vil* vinde det alt tilbage. Prøv ikke at give mig gode råd. Men tal med Riise. Forklar ham, at dette er alvor, at jeg må have penge. Det er mig usigelig ligegyldigt, hvad der sker med kapitalen. Jeg betaler gerne denne *rus* — eller hvad du vil — med fattigdom bagefter. Går det galt, hører I ikke mere fra Elsie Lindtner. Jeg tager hverken gift eller skyder mig, der gives en bekvemme-

5

re udvej. Her er en brasilianer, der ikke tiltaler mig, af ham har jeg lånt en del. Låner jeg mere, forsvinder jeg til Brasilien. Lad Riise komme af med papirerne, selv med stort tab, blot pengene bliver disponible. Send du mig imidlertid telegrafisk alt, hvad du øjeblikkelig kan undvære. Jeg håber, du vedvarende er lykkelig. På for-hånd tak.

Elsie.

Monte Carlo

Kære Richardt!

I nøden skal man kende sine sande venner. Tak for din snare og beredvillige hjælp. For øvrigt kunne jeg ikke vente så længe, men lånte mere af brasilianeren. Der var heldigvis held ved hans penge. I modsat fald . . . nå lige meget. Det var et vanvittigt vovespil af mig. Nu bagefter begriber jeg ikke, at jeg kunne gå ind på sligt. Men jeg vandt altså. Det skete i forgårs nat, og jeg vandt, foruden hvad jeg før havde tabt, to hundrede og femten tusind francs. Så gik jeg hen at sove. Nu kom pengene fra dig. Jeg lader dem gå tilbage sammen med, hvad du før sendte, og dem jeg plagede ud af Riise. Jeanne er ved at pakke vore kufferter. Vi rejser for Jeannes skyld. Hun tog sig min spillemani for nær.

Glem om muligt denne lille episode. Jeg var ikke helt mig selv. Nu er det ovre, og det er for sent at angre.

Vi har tænkt at tilbringe resten af vinteren i Tanger og Kairo og muligvis Helwân. Jeanne vil gerne til Indien, og jeg har ikke noget imod det, hvis turen blot ikke bliver besværlig. Allerførst går vi et par uger til Paris, for at blive lidt godt ekviperet.

Det er virkelig en stor skam, jeg har glemt at gratulere til din førstefødte. Jeg ville gerne se dit faderstolte

åsyn — du kan jo sende mig et fotografi af dig og arvin-
gen. Og lev så ret vel, til omstændighederne igen fører
os sammen.

Elsie.

Hvor længe kan dette vare ved? Vi flakker uden blivende sted, som to fredløse, evig fordømte til flugt — og vi fingerer glæde ved denne vor fredløse jagen. Jeanne har jo længst gennemskuet denne ynkelige komedie, men hun spiller den trofast videre med, som tak for min smule godhed mod hende. Vi har det ganske godt sammen. Jeanne læser på mit ansigt, når der skal tales og når der skal ties. Hun befinder sig bedst i land med fast grund under fødderne, jeg lider bedst de glidende nætter og dage om bord. Himlen over, havet under, hovedet tanketomt og alle sanser sovende. Det minder mig om den første tid på min ensomheds ø, hvor bagatellerne fik uhyre vigtighed. En flyvende måge, en mastetop — et skib sejlende forbi i natten. Dagene tilbringer vi i vore liggestole, døsende over en bog eller konverserende med selskabsstemme, men om natten slår vi en ulster over natkjolen og går dækket op og ned, åbnende vort væsen som de blomster, der kun dufter i mørket.

Jeanne er blevet mig kær. Hendes stakkels fortørrede, tidligt udfoldede og tidligt visnede hjerte vækker en vis blid medlidenhed i mig. Hun tager mine meninger op, som var de gyldne leveregler.

Kunne jeg glemme — var tilværelsen tålelig. Men

jeg kan det ikke. Det blik, der viste mig liget af hans kærlighed, det følger mig uophørligt. Ydmygelsen i dette blik. Jeg elsker ham ikke. Og jeg hader ham ikke. Mit sind er for lunkent til at hade. Men forsmædelsen nager mig.

Jeanne siger aldrig noget, der kan såre, dog sårer hun mig stundom ved sin alt for taktfulde tavshed. Jeg vil ikke ynkes. Derfor tilbringer vi også timer med vore klæder ... Hvor længe kan dette vare ved?

***

Athen.

Her så godt som et andet sted. Jeg forsøger tappert at lade mig betage af Grækenlands fortid, der er mig ligegyldig som potteskårene på Kerameikos. Vi deltager i alle professor Dørpfelds forelæsninger på Akropolis — mig morer det mere at høre manden tale end at tilegne mig det talte. Han har beskæftiget sig så indgående med jordens skønneste plastik, at til sidst de usynlige ord er blevet plastiske i hans mund. Grunden til, at søjlerne er tykkest på midten, afvinder mig ingen interesse, men derimod olivenlundene og solskyggerne over Athen.

Jeanne tilegner sig som et skolebarn, med åben mund, og på hotellet læser hun kunsthistorie. Jeg har tilbudt hende at gøre en udgravningstur med, men alene, jeg skal da have mig frabedt at ride i sne til midt op på livet og sove i telte på den bare jord og nøjes med fårekød og konserves. Min dovenskab tager til.

At Richardt gad gøre sig til nar for den halve by ved at gifte sig med et barn på nitten år . . .

***

Luksor.

Jeanne foruroliger mig. Hun lever i en begejstring, der gør hende fremmed for mig. Er det rejsen, der udvikler hende, eller slumrende evner, der kommer til udbrud? Vi rejser dog for at slå tiden ihjel. Men hun tager det hele med samme tunge alvor, som da hun i Berlin første gang hørte Beethovens niende. Hun ser på mig, som var det hos hende længst en kendsgerning, at vi lever hver i sin verden. De halve måltider forsømmer hun for at drive om mellem templerne. I aftes sad vi på den store pylon og så solen gå ned — for mig var det som en smule teaterdekoration, jeg måtte tænke på ”Aïda”. Hun ville ikke med tilbage, og da jeg erindrede hende om, nætterne var kolde, svarede hun ganske fjendtligt: — Jeg vil se månen skinne på den hellige sø! Naturligvis gik jeg. Men jeg kunne ikke sove. Midt i nat kom hun tilbage. Min dør var åben, og jeg kaldte hende ind. Hun satte sig hen til sengen, og jeg hørte hende græde. Hvad foregår der i hende?

Jeg vil ikke plage hende med spørgsmål. Hun skal have sin frihed til at komme og gå. Blot hun ville forskåne mig for udbrud af en begejstring, jeg dog ikke kan følge. Vist er her smukt, men jeg sætter nu engang større pris på Paris' boulevarder og Unter den Linden og Bond Street. . . Jeg føler mig så fattig, når jeg ser andre komme i affekt.

***

11

Ja, det er det. . . Derfor er det, jeg bliver nervøs af Jeannes kunst-entusiasme. Den minder mig om Malthe i gamle dage, når han i min gule stue på Gammeltorv fortalte om sine rejser, og jeg bilder mig ind, jeg forstod, hvad han sagde . . .

***

Så er også det forbi. Jeg havde jo egentlig tænkt, at Jeanne havde solgt sig til mig på livstid. Det skulle altså ikke så være. Jeg kunne vel have holdt hende tilbage. Måske ventede hun på et ord, men det er bedst, vi skilles. Lad hende blot prøve sine evner. Hun bliver nok ked af at arbejde, og jeg har råd at vente. Nu går jeg til Amerika, og bliver også det mig for trivielt, ved gud, jeg giver efter og tager brasilianeren. Han driver i alt fald sin kur systematisk som forfølgelse. Og det smigrer mig til syvende og sidst, at jeg endnu — endnu, men hvor længe? — synes attråværdig. Jeg spørger mig selv i tvivlende stunder, om jeg mon var det uden hjælp fra Poiret og Worth.

Lille Jeanne, lille rejsekammerat.

Så skilles da vore veje, foreløbig — eller for bestandig — det véd ikke du og ikke jeg. Men jeg synes, det er det bedste, og jeg er hverken bedrøvet eller krænket. To år er en ganske lang tid for to mennesker at være henvist til hinandens selskab og vi har da haft et vist udbytte af de år. For mig bl. a. det udbytte, at årene er til ende, for dig, at du har fundet livet værd at leve.

Som sagt, jeg råder dig indstændig til at gå hele skolen igennem, så viser det sig nok, om dine evner er af skabende art eller kun egner sig til kunstindustriel brug. Mig skulle det nu ikke undre, om du gik hen og blev bygningstegner — arkitekt er for stort et ord til en dame. Desuden, til græske og ægyptiske templer, som jo vel ville blive dit speciale, vil du vanskeligt finde liebhavere.

Nå, vi har jo ellers aftalt alle de rent praktiske ting. Det er mit absolute ønske, at du *nyder* årene i Paris. Nyd dem, men begå ingen uoprettelige Dumheder.

Dette par ord får du fra London, hvor jeg morer mig med en lille afmagringskur: kan du tænke dig, vi gør faktisk gymnastik som små børn, i knæbukser af sort atlask og hvide sweaters (flere af hoffets damer er deltagere), siden får vi en hårdhændet men livsalig hoftemassage. Resultatet er møjen værd. Så såre mit ydre er tilfredsstillende, går jeg til New York. Du var jo ikke synderlig glad derovre, men for mig har denne by en egen dragning, jeg véd ikke selv, hvori den består.

Jeg vil bede dig indstændigt om, Jeanne, at du betragter mig som din ven, til hvem du trygt kan sige alt, og til hvem du kan henvende dig i ondt som i godt. Ikke sandt Jeanne?

Og forsøm ikke dit ydre. Arbejde kan fængsle dig for en tid, men det er dog for en kvinde af din art kun noget foreløbigt. Dit ydre er din vuggegave.

På gensyn, og "Glück auf", lille rejsekammerat.

Elsie Lindtner.

Kæreste Jeanne!

Dine sidste breve er — med et mildt ord — meget overdrevne. Sandt at sige er de stærkt hysteriske. Hvad snakker du idelig om din "gæld" til mig? Om din evige taknemmelighed. Om retten til at gøre gengæld og bringe ofre? Jeg forstår ikke et ord af det hele, ikke et eneste ord. Ikke et komma.

Jeg sidder og har det så hyggeligt herovré i min slags ensomhed, der såmænd ikke er menneskefjendsk, og ønsker bare, at også du var rigtig vel til pas. Fortryller du Paris? Mig behøver du da ikke at være bange for at tale ud med. Er det arbejdet? I så fald — det har jeg længe ventet på.

Du hører, efter min formening, til de luksusmennesker, der jo er ganske overflødige her på jorden, men som ellers har en vis evne til ved deres blotte eksistens at gøre tilværelsen god for andre.

Enten er din plads dèr eller, hvad himlen forbyde, midt i en stor lidenskab, hvor du kunne gøre dig selv til en lille brødkrumme i en andens mund. Jeg kan se dig som prinsessen på ærten, den alting vragende, og jeg kan se dig ligge på knæ og skure trapper for den mand, du elsker.

Men den mand, som *du* kom til at elske, ham kunne jeg jo lide at se.

Du er da ikke forelsket? Det falder mig pludselig ind, omend det synes mig ganske umuligt . . . Nu tog jeg mig over at læse dine sidste og meningsløse breve, og tror jeg ikke at have fundet ud, hvad det er?

Du er forelsket, og nu vil du, af misforstået taknemmelighed over for mig, ikke give efter for dine følelser. Jeanne, Jeanne! Vil du blive gammeljomfru for min skyld? Det er nydeligt, men det er lidt for meget. Desuden er det overflødigt. Jeg vil ikke lyve og sige, at jeg ikke savner min lille eventyrprinsesse med de skønne hænder. Ikke blot mit hår savner hende, min skammeligt overforfinede smag savner hende at udveksle meninger med, og min altan har en tom plads, der ikke fyldes ud, før bemeldte jomfru sidder der og lader solen skinne på sig og floden og byen, der er alle byers by.

Men, Jeanne, vore veje er skilt, og de kommer aldrig til at forenes igen. Du egner dig slet ikke til at være i min nærhed. Det er ikke mig, du trænger til. Det er livet. Det er glæden. Enten du engang finder dig til rette med at — sælge dig som jeg og blive sat i forgyldt bur, eller du møder dit eget eventyr, spejlbilledet af dine drømme, levendegjort. Eller du folder dig ud som en kunstner. Hos mig er ikke hvile for dig.

Jeg så, hvor du flaksede med vingerne, da vi var sammen, hvor du pinte og plagede dig for at lade dig skrue ind i det væsen, der tiltalte mig. Hvor du for min skyld spillede komedie.

I stedet for at male side op og side ned sender jeg dig dette og beder dig ufortøvet svare mig med et telegram, hvori du med færrest mulige ord fortæller mig, hvad der så er på færde.

Om jeg ikke er så nysgerrig, at jeg formelig havde lyst selv at sende dig et meterlangt telegram. Men nu betvinger jeg mig selv, og hersker således over det moderne Rom kaldet New York.

Din Elsie.

Jeanne! Jeanne! Jeanne!

Ikke andet! Gudskelov, ikke andet! Hvor sådan en depeche i sin kortfattethed kan gøre godt!

Lad du ikke den ting ængste dig mer. Naturligvis tager jeg barnet. Eller rettere, tager jeg mig af barnet. Enten jeg pusler med mine kaméer eller mine kaktus eller en smule barn, véd du hvad, det kommer såmænd ud på ét. Du behøver ikke at tro, jeg sætter det (barnet) i en urtepotte som en anden stikling, eller anbringer det med knappenåle i min kniplingssamling. Det skal få den behørige pasning til enhver tid — ikke *af* men *gennem* mig. Jeg skal engagere en amme så god, som hun for penge kan fås. Jeg skal, om du vil, rejse med ammen over hele Atlanten for egenhændig at overtage det lille pus.

Nærmere betænkt finder jeg planen ypperlig. Du slipper for ethvert bryderi og for standsning midt i din udvikling, og jeg føjer et nyt nummer i rækken af mine passioner. Ja, for at undgå al misforståelse, jeg mener, valget af børnetøj vil sikkert blive mig kilden til mange nye fornøjelser.

Kun betinger jeg mig ret til, *hvis* det bliver mig for broget, at sætte ”vort” barn i pleje andetsteds.

Forhåbentlig har faderen ikke noget med dit hjerte

at gøre. Jeg kan tænke mig, det er en eller anden ung kunstner, du har truffet på skolen. Han har — som rimeligt er — set sig syg på dig og dit hår, og du har glemt, at du egentlig for længst er færdig med alle dumheder.

Skriv mig dog udførligt til, om du altså indvilliger, og når "det" ventes, og alt andet.

Behøver jeg at råde dig til at tage bort fra Paris, inden dit forandrede ydre vækker opmærksomhed?

Jeg tænker meget på dig, Jeanne. Lille Jeanne.

Din Elsie.

Kære Magna Wellmann!

Og jeg, som troede, De havde glemt mig eller endnu
bar nag for brevet, jeg skrev for fire — nej, det er jo fem
— år siden.

Nu sidder jeg og grunder på, om den største for-
vandling er foregået med Dem eller med mig. De er
i hvert fald ikke mere den samme. Og jeg tror heller
ikke, jeg er det. Men i vor alder, mener jeg, er man da
for længst kommet ud over både at vokse og udvikle
sig.

De, som før drev for vind og vove, viser Dem nu
med syv mands styrke og med et mod, der beskæm-
mer. Hvem har således vugget Deres sind til hvile?
Er det den "store" kærlighed? Nej, jeg vil ikke spørge,
skønt der huserer en hærskare af spørgsmål i mit indre.
Og De er slet ikke bange? De taler om det, som om det
var en leg. Underlige menneske, Magna. Andre kvinder
har det ondt i svangerskabets ni måneder og bliver lu-
nefulde og hæslige, men De blomstrer, som om det for
Dem var den eneste naturlige tilstand. Hvilken mod-
strid til Deres øvrige væsen og alle Deres eskapader!

De er slet ikke bange for at føde et barn i Deres al-
der! Og under disse omstændigheder! Der ånder frisk-
hed og velvære ud af hver linje i brevet, og det kan ikke
være hyklet.

Véd De, Deres brev vakte i mig den første længsel efter Danmark, siden jeg pakkede mine kufferter og drog på langfart.

Jeg er jo blevet en fremmed. Fem år er ikke nogen lang tid, men det er nok til at gøre et menneske fædrelandsløst. Richardt holder mig på sin pæne måde stadig en smule à jour med, hvad han kalder "de væsentligste forskydelser" i kredsen. Og således véd jeg, at også De er lyst i band. Jeg finder det nu ikke så ufortjent. De véd, jeg holder nok så meget på de ydre former som på de indre. Og Magna, jeg kunne da lige så lidt tænke mig at gå i selskab i natkjole og med håret i fletning nedad ryggen, som jeg kunne tænke at handle som De. Men det må De jo om.

Det meste derhjemme er mig mere end ligegyldigt, jeg synes, det minder for meget om — undskyld — et loppeteater, eller en vanddråbe set i mikroskop, hvis det billede forekommer Dem nettere. Får jeg tilfældig et dansk blad i hånden, læser jeg kun dødslisten, og ikke engang den formår at vække blot skyggen af en sensation i min sjæl. Men der er skæbner, som jeg — af nysgerrighed eller hengivenhed — bestandig bevarer interessen for, dertil hører Deres. Da Richardt skrev: — Fru Wellmanns sidste alfære gør hende umulig herhjemme! måtte jeg jo smile. De har såmænd for længe siden gjort Dem umulig. Men professor Wellmanns navn og statue holdt jo sin hånd over Dem — altså til nu.

Ja, dette er da en skandale. Som De ovenikøbet begår med den mest hårrejsende frejdighed. De promenerer Deres skændsel på Københavns gader, De rejser ikke engang bort, endsige gør forsøg på fosterfordrivelse! Apropos, hvor mange små menneskebegyndelser bliver ikke tilintetgjort mellem år og dag inden for vor forhenværende fælles kreds? De gode fruer var såmænd ikke bange for at hviske derom. Og De, De glæder Dem til at skulle have et barn af den mærkelige sort, man kalder uægte! Magna! Magna! Jeg håber da ikke, der er blot den aller mindste lille smule af lyst til at udfordre borgerskabet — det ville være en dårlig vittighed, heller ikke tror jeg, det skyldes kærlighed til den uægte barnefader. De skriver så kønt, at det blot er følelsen af, at livet gror inde i Dem!

På dette område er jeg jo den vildfremmede, den mere end blinde, jeg har aldrig følt et fnug af længsel efter at mærke livet gro inde i mig. Måske forstår jeg heller ikke Deres udtryk, men det rører mig.

De går en vanskelig tid imøde, for Dem selv og for børnene. En tid, der ikke er endt med svangerskabet. Forklaring må der til, og helst en forklaring, der ikke gør børnene fortræd. Har De tænkt over det?

Og skub det ikke for langt ud, lad ikke andre komme Dem i forkøbet. Børnene kan ikke — rædsel, hvis de kunne — forstå det helt, så det gælder blot at finde en fabel, der i øjeblikket dysser deres eftertanke i søvn.

Mange vil fordømme Dem, fordi De begår en handling, der ikke er skik og brug, mange vil fordømme af misundelse, fordi de ikke selv havde det mod. Hver den, der af frygt for skam og skændsel har tilintetgjort et spirende liv i sit skød, vil fælde staven over Dem. Ligeså de barnløse kvinder — sad jeg endnu på Gammeltorv, gjorde jeg det vel også.

Endelig er der en del frisindede mennesker, der vil fordømme Dem, ikke for *barnets* skyld, men for *børnenes.* De andre kan De trække på skuldrene af, men slagskyggen, der falder på børnene, kan De ikke afværge.

Nu har jeg talt såre fornuftigt, og nu kan jeg med en god samvittighed række Dem begge mine hænder over havet og sige: — Til lykke, Magna!

Bliver jorden Dem for brændende, ty da til mig. Jeg bor herovre på en fjortende sal ved Riverside Drive. Mit navn står på døren med bogstaver så små som skriften på et frimærke, sådan er moden, og brevene afleveres jo til portneren. Huset er pragtfuldt indrettet, og her er et lys, som boede man i et atelier. Jeg tror ganske sikkert, at jeg lægger mine ben på en af kirkegårdene her, og da man sminker og soignerer de døde, så de ser mindst tyve, tredive år yngre ud end i levende live, forstår De, det tiltaler min forfængelighed — der endnu ikke har lidt under alderens tryk. Jeg gad også vide, hvordan en kvinde skulle bære sig ad med ikke at være forfængelig i denne lysets og solens by.

Jeg er medlem af et par klubber, hvor jeg træffer både halvfjerds- og firsårige damer med porcelænshud og gainsboroughfrisurer. Tro ikke, de virker latterlige. De har en værdighed og en livsglæde, der stundom får mig til at tro, de tilbringer natten i foryngelsens sø. Hvor mon den for resten findes?

Her er altid feststemning over denne by. Ja, ikke i emigrantkvartererne, men dèr behøver man jo heller ikke at komme. De fattige her har ganske anderledes takt og opdragelse end i Europas byer, hvor de går og plager skikkelige rejsende med deres sår og krykker. Jeg har i alle disse år kun set to mennesker, der ikke hørte til på Fifth Avenue, en italiener, der med sin gemalinde lå og solede sig på fortovet og spiste snavsede urter af en rusten blikpotte. Ingen jog dem væk, men hele færdselen gik i bue, som var det et par pestbefængte.

Jeg rider mig dødtræt hver eneste dag i lakrød frakke og med hatten nede på øjenbrynene. Min lærer, et sølle vrag af en engang sikkert blændende skotsk adelsmand, ville først ikke tillade mig at ride en cavalier. Da jeg var stædig, lod han mig skøtte mig selv — til han en skønne dag fattede interesse for mit herredømme over dyret, og nu er vi gode venner. Vi rider skiftevis i Central Park — der er ubeskrivelig dejlig, når alle skrænter er røde af blomstrende rhododendron — og på Staten Island, hvor der endnu er natur. Om søndagen er vi gerne en stor kavalkade, og da morer vi os som børn. Disse mennesker, der ud ad til er stive og tørre og ind ad til jo ikke plages med kulturforfinelse, har en ganske vidunderlig og smittende evne til at suge honning af tilværelsens banaleste ting. Vi snakker om solen og vore heste og vor ulvehunger og den sidst opdagede Rembrandt, aldrig om næsten og aldrig underfundigt sårende. Om aftenen efter sådanne dage, når jeg hviler ovenpå badet, forekommer jeg mig som et menneske, der har hele livet foran mig.

Jeg er sandelig faldet til ro. Jeg spiller bridge de lange vinterformiddage i klubben i Hotel Astor, eller jeg går til foredrag om sjæleanalyse, efterfulgt af overdådige frokoster, hvor kunstnere som Madame Homer og Signor Caruso synger for os — ikke i pauserne, men medens vi spiser.

Tjenerne går og skænker kaffe under hele måltidet, vi sidder i rødt halvlys, og alle siger hverandre små udsøgte og — virkelig — velmente komplimenter.

Kald min tilværelse tom. Mig passer den.

De spørger, hvad jeg har taget mig til, siden jeg brød op fra min nu vist sørgeligt forfaldne villa. Om jeg bare selv vidste det, det er snart så længe siden. Jeg rejste jo med Jeanne, min unge husfælle og veninde — vi bestilte nærmest det at slå tiden ihjel.

Min Monte Carlo-periode er dog nok rygtedes til Danmark. Jeg indrømmer, det var en grim tildragelse. Aldrig havde jeg tænkt mig muligheden af at falde som offer for den lidenskab, men raseriet greb mig, så jeg opførte mig lige så skamløst som de professionelle spillere. Jeg tror nok, jeg var lidt utilregnelig i de dage, og havde heldet ikke vendt sig, havde jeg da sat hele min formue over styr. Det gik så godt, at jeg den dag i dag tærer på gevinsten uden at røre mine rentepenge.

Jeanne er stadig i Paris, dèr har hun nu været de sidste to år, det er meningen, hun skal uddannes i en eller anden kunstindustriel retning, hun har uomtvistelige og højst egenartede evner. Jeg havde ret nylig et betydningsfuldt brev fra hende. Jeg kan ikke røbe indholdet, men hvis sagerne står fremdeles, som det nu synes, vil mit liv inden ret længe gennem hende blive ganske omkalfatret.

Jeg må da fortælle om min sidste passion. Jeg har i disse år haft op imod en halv snes små passioner. Det er en herlig beskæftigelse. Den sidste er altså, at jeg samler på dværgkaktus. Og på de japanske dværgtræer, som vist er meget sjældne i Danmark. De er blot et par tommer høje og umådelig gamle. De købes i små flade kasser, miniaturefterligninger af japanske haver med floder og broer og porcelænstårne og geishaer. De er fortryllende. Heldigvis bliver de passet af en gartner, ellers døde de såmænd af mangel på omhu. Jeg egner mig nu en gang lige så lidt til at pusle om planter som om børn og andre levende væsner. Gjorde jeg det, anskaffede jeg straks et lille udsøgt akvarium med slørhalefisk i elektrisk belysning.

Og Richardt som fader! Og som hustyran! Ja, Magna, det hele har forandret sig.

Nu véd jeg da, jeg har fortalt om mig selv, der er vist ikke den fold i min sjæl, jeg ikke har åbnet for Dem — jeg kan desværre ikke gøre for, at resultatet af blottelsen er så pauvert.

Hvor gammel er Jarl? 16 eller mere? Og pigebørnene, ja de er jo endnu ældre.

Skriv snart, Magna — jeg lover at svare.

Elsie Lindtner.

Kære Jeanne!

Det må jo skyldes din tilstand, men jeg er helt betænkelig over dine breve. Nu troede jeg, det hele var så evig godt, når du slap besværet og jeg tog barnet.

Nu begynder du med nye gåder. Hvad er det, du ikke kan røbe for mig? Hvad taler du om at skjule dig i den yderste ørken? For hvem? For hvad? Hvad taler du om helligbrøde? Og at du ville ønske, du måtte dø, inden dette barn blev født? For du kan ikke gøre den fortræd. — Hvilken fortræd?

Er manden gift? Om så var, behøver hans børn da ikke at få underretning om, at du skal have et barn. Du vil jo ikke giftes med ham.

Eller vil du? Hvis jeg må give dig et klogt råd, lille Jeanne, lad så være at spekulere over fremtiden, til du i god ro og mag sidder et sted ude i en skøn egn. Hvad siger du om Provence? I øjeblikket er du lutter forvirrede nerver. Det kipper i mig efter at rejse over og være dig til hjælp, men jeg er for doven. Det med at gøre noget for nogen, når det er forbundet med besvær, det passer nu ikke for mig. Selv hvor det gælder dig, som jeg dog virkelig holder af.

Men er der noget, der nager dig, jeg kan jo som sagt ikke finde mening i det tøjeri, du skriver, så skriv. Skriv så ofte og så langt du vil. Der kommer vel den dag, hvor meningen går op for mig.

Er det et menneske, der er noget ved? Et menneske, du kan tale med? Jeg oplever hver dag en mængde små ligegyldige ting, der på den lifligste måde sætter mig i svingning. For resten oplever jeg jo intet ud over at pleje og passe min egen dyrebare person.

Egentlig levede jeg vist mere, dengang vi to sad ovre på øen i den hvide villa og bladene faldt.

Din Elsie.

Jeanne ... Malthe ... Jeanne ... Malthe.

Hun og han — — han og hun — — jeg må tænke mig om. Jeg må prøve at forstå det. De to ...

Og det var deres barn, jeg tilbød at tage ...

***

Der er gået to dage, men jeg kommer ikke videre. Jeg går rundt i et stort tomt rum og siger til mig selv: Jeanne og Malthe — Malthe og Jeanne. Og jeg venter på, at en sønderrivende smerte skal gøre sig gældende. Men så vidt jeg kan skønne, gør det ikke ondt hverken i mit hjerte eller i min forstand. Selv mine nerver er i fuldkommen ro. Jeg er vist nærmest "slagen med forbavselse".

***

Hvor er min sorg? Hvor er den kærlighed, jeg dog har følt? Hvor? ... Eller ... Jeg forstår så godt de to. Det er mig selv, jeg ikke forstår. Med den letteste og roligste samvittighed kan jeg give dem min lykønskning. Glæde mig kan jeg over, at de to, netop de to, fandt hinanden.

Så gold, så urimelig, ufattelig gold er jeg altså.

***

Jeg er begyndt at føle behag ved at køre i subway — om dagen. Menneskene stiller sig ikke an. De har for travlt til at lægge maske. Mærkværdigt, hvor holdning — når den er forenet med gode klæder — imponerer her. Der kan være så fuldt optaget, at en dobbeltrække står ned gennem vognen, hængende i runde læderringe med grove arbejdsnæver eller med sirligt behandskede hænder. For mig gøres der plads. Jeg har endnu ikke stået op en eneste gang. Men *jeg* giver mig jo rigtignok også tid til at tage det ansigt på, jeg ønsker at vise. I dag just sad ved siden af mig en fattig kone med et par små kranse i skødet. Hun havde et støvet sørgeslør om håret. Hun græd hele vejen. Sløret var så gammelt, at jeg regnede ud, barnet måtte være død for længe siden. Hendes sorg var frisk. Min har aldrig eksisteret. Jeg har troet at eje i det mindste det livsindhold, man kalder en stor sorg. Et tomt rum har jeg smykket med sorgens farver ...

Jeg må dog skrive til Jeanne.

***

Kære lille rejsekammerat!

Dette brev kunne skrives på tyve måder, men kun én er den rette. Og nu skriver jeg til dig, som jeg ville skrive i min egen stakkels kedsommelige dagbog. Du véd, det er kun dovne mennesker, der gider tage sig på at føre dagbog over deres dages mangel på indhold.

Tag min varmeste, sandeste lykønskning, lille Jeanne. Græd ingen tåre mere for min skyld. Du har ikke forbrudt dig, du kære fintfølende person, du så lidt som han. Men du tror, dit brev — din "tilståelse" volder mig sorg. Ak nej — desværre. Desværre, for jeg ville dog så gerne tro om mig selv, at jeg engang i mit liv holdt af med hjertet. Det hele må have været en blank indbildning. Der er ingen anden forklaring. Et hjernespind. Et digt. Hvad du vil. Måske en smuk drøm. Forbi er drømmen, det er det eneste, jeg véd. Tilbage blot mindet om en god ven, som nu ved et af skæbnen virkelig bedårende indfald finder netop den kvinde, jeg blandt alle synes, er ham den eneste rette.

Jeanne, jeg forstiller mig ikke. Det er første — og bliver vel sidste — gang, vi to drøfter temaet Malthe og mig. At du i al den tid, vi som et par hjemløse skygger sneg os om i verden sammen, at du da aldrig nævnede noget, der lod ane — hvad jeg dog vidste —, at du kendte den hele ydmygende sammenhæng, det har i mine tanker givet dig en overordentlig stor menneskelig værdi. Malthe sætter jeg så højt, at *kun du* synes mig god nok til ham.

Hvad du skriver om "rov" fra mig, passer altså ikke. Og jeg kan sige dig mere end det. Jeg hører til de kvinder, der dårligt kan leve sammen med, endsige leve for et andet menneske. Dette står mig skærende klart nu. Du derimod, din triste ungdom til trods, ejer hele opofrelsens hengivenhed og styrke. For dig vil det at opgive dit eget jeg og lade det opsluge af ham være en lykke. For mig en utænkelighed.

Vi behøver så slet ikke at fordybe os videre i fortiden — for mit vedkommende. Men for dit, desværre.

Dit spørgsmål bringer mig tifold mere tankebryderi og følelsesoprør end selve nyheden. Om du skal tie eller tale…

Stod jeg helt, hvor jeg forhen stod; var mit livssyn nu som mit livssyn før, ville jeg jo så ubetinget svare: Luk din mund og luk dit hjerte over de hemmeligheder, der kun angår dig selv! Men her spiller andre faktorer ind. Jeg er forandret — af tiden eller livet, jeg véd ikke selv hvad. Og du er ikke, som kvinder er flest. Og Malthe er ikke, som mænd er flest.

Du volder ham en måske uoverkommelig kval ved at tale, gør dig det klart. Men du volder dig selv en ikke ringere pine ved at tie. For *du* kan ikke, idet du tier, for nu og alle tider lade det, der var, være glemt. Du vil — jeg kender dig, Jeanne — du vil hver dag og hver time føle større foragt for dig selv, fordi hans tiltro er så grænseløs. Du kan ikke nøjes med at tie, du nødes til at lyve. Dette, som for ti og hundrede er let og selvfølgeligt, vil undergrave ikke blot din selvfølelse, men din livsglæde.

På den anden side, du har aldrig elsket før. Det, du kalder din "fortid", har jo intet betydet for dig. Skal det nu pludselig drages frem og trævles op? Skal det ubetydelige, blot fordi det iklædes ord, blive det afgørende? Skal du og han bruge jeres kærligheds skønneste år til at grave lig op og slæbe disse lig med, hvor I går og står?

Jørgen er ikke som andre mænd. Han vil aldrig gøre dig en bebrejdelse, men han vil sørge, og du kommer til at sørge med ham.

Du ser, jeg kan ikke råde dig. Måske tør jeg heller ikke tage ansvaret på mig.

— — —

Jeg har talt så mange timer til ende med din tilkommende mand. Men, så vidt jeg erindrer, har vi aldrig drøftet begrebet "kvinde". Altså jeg kender *slet ikke* Malthes syn på livet.

Men Malthe er dit barns fader! Dit endnu ufødte barns fader. . . Tal, Jeanne, tal uden frygt. Det skal ikke være dig et forsvar, at han tog imod din hengivelse, men han vil selv derigennem finde vej og forklaring og forsvar for det, der var før hans tid. Thi Jørgen Malthe er ikke som andre mænd.

Har han fundet det rimeligt og rigtigt, at den kvinde, som han elskede, blev hans, således som du blev det, vil han også finde det rimeligt og rigtigt, at du før hans tid havde herredømme over din person. Da står der for dig kun det ene tilbage, at fortælle ham, så han tror det, at du elsker ham, og at han er den eneste, du har elsket.

Jeg forekommer mig i dette øjeblik så ældgammel. Der ligger for mig evigheder mellem dengang og nu. Men det er godt det samme.

Lad mig se, du, lille rejsekammerat med det røde hår, hjælper ham at bygge et sådant manddomsværk, at hans navn bliver udødeligt. Rejs ud med ham, *du* forstår at se, *du* forstår at nyde. Pak jeres barn, når det bliver født, i en let kuffert med lufthuller, og tag det med — eller lad det blive tilbage. Lad det ikke blive hindring for samlivet mellem jer.

Der er meget mere, jeg vil skrive, men nu må jeg hen at klæde mig om, du véd, "Tristan og Isolde" var alle dage min yndlingsopera.

Jeg ville slutte med at pålægge dig *ikke* at vise Malthe dette brev — men jeg giver dig herved frie hænder. Af mange grunde tror jeg ikke, det vil have dårlige følger, at han ser det. Jeg omfavner dig og ønsker dig en lykke, der varer livet ud.

Din *Elsie Lindtner.*

Du skal ikke gøre dig ulejlighed med at skaffe mig flere kniplingsprøver, jeg har givet hele min samling til Metropolitanmuseet. Nu har jeg fået en ny passion, der morer mig langt mere, dværgkaktus. Og de kan jo desværre ikke lægges i breve og aviser.

Hvordan var mødet mellem de to? Det kommer mig ikke ved, men jeg tænker meget derpå. Huskede de hinanden fra dengang? Ja, naturligvis . . . Han så efter hende, når hun gik igennem stuen.

Fra mig til hende så han — og sammenlignede.

Og siden . . . Hvad siden? Har han siden uophørligt tænkt på Jeanne, som før på mig? Eller er det blot, fordi tilfældet førte dem sammen i Paris?

Eller er det muligt, at de slet ikke genkendte hinanden straks og først senere fandt ud, hvor de første gang mødtes! Er jeg blandet ind i deres samtaler? Har de rakt hinanden hånden over mindet om mig — som over et lig?

∗∗∗

Jeg under dem deres lykke. Jeanne er kvinden for ham. Og kun en Jørgen Malthe vil kunne tilfredsstille og opfylde Jeannes hele væsen.

∗∗∗

Hvoraf kommer det, at alt inde i mig er faldet til ro? Jeg føler mig som en hoben visne blade, der ligger et sted dybt nede, hvor intet vindpust når hen. Ligger dèr og dysser sig selv i søvn.

Jeg lever ikke mere, som jeg levede før — og jeg har

intet mål at stræbe hen imod, men jeg føler heller ingen bedrøvelse, endsige fortvivlelse. Jeg er virkelig veltilpas.

***

Som livet former sig nu, kunne jeg lide at leve evindeligt, men det skulle ikke skræmme mig, om nogen kom og sagde: I nat skal du dø.

***

Jeg har, ret beset, en mængde glæder, små, intetsigende, men ublandede.

***

Mrs. Gwynne var hos mig i dag, og vi talte sammen, som om vi havde tillid til hinanden. Det var om Gloria, der jo skal giftes i næste måned. Mrs. Gwynne ville ikke have skænket det en tanke, hvis Glorias valg var faldet på en amerikaner, men da pigen nu netop forelskede sig i den tyske legationssekretær, var der jo intet udkomme. Og nu frygter moderen, hun skal blive ulykkelig.

Jeg så ingen grund dertil, men mrs. Gwynne, der selv er over de halvhundrede år og endnu skøn i sin blodrige fylde, betroede mig, at Gloria hver måned ikke blot led store legemlige smerter, men var så ude af ligevægt, at man ikke kunne regne hende for ganske normal.

En amerikaner ville have ladet sig alt gefalle og måske fundet, at hendes urimelige nedtrykthed og pirrelighed var en charme mere, men således er den tyske ægtemand jo ikke indrettet.

Nu havde moderen sin hårde nød med at holde Gloria i sengen, så længe det stod på; blev hun først gift, måtte det upåtvivleligt komme til heftige scener mel-

lem ægtefællerne. Og det værste var, at Gloria aldrig
bagefter indså, hun havde været urimelig.

Jeg rådede mrs. Gwynne til at forklare svigersønnen
hele sammenhængen. Men så fik hun en virkelig lysen-
de idé, der i alt fald foreløbig lader sig realisere. Hun
ville tale med svigersønnen og sætte ham ind i Glorias
tilstand — og så ville hun forlange, at datteren boede
hjemme i de dage, hvor sindet var i oprør. Derved bli-
ver det altså, mrs. Gwynne er ikke den, der lader en
beslutning uudført.

Vi kom så ind på at tale om os selv, og jeg erfor, at
mrs. Gwynne havde lidt under en lignende sygdoms-
form som datteren. Hun, den, som hun selv sagde, lyk-
keligste hustru i hele Fifth Avenue, havde hver måned
åringer igennem troet, hendes mand bedrog hende.
Nøjagtig tre kvarter hver måned kom denne tvangstan-
ke over hende. Det hjalp ikke, mr. Gwynne sad med
hendes hånd i sin. Hun troede, hvad hun måtte tro —
de tre kvarter. Han fik jo aldrig noget at vide.

Men i overgangsårene var det taget til, så hun gen-
tagne gange var ved randen af selvmord.

Og nu — lo hun af sin egen Dumhed. Sikker på, som
hun var, at hendes Freddy over børsspekulation ikke
havde andet i sit hoved end hende og Gloria.

Så ligger jeg ellers rart. Mæslinger — i min alder — og rødt lys og det hele. Når mon kighosten melder sig? Det var dog bedst at få alle børnesygdommene overstået på en gang. Kedeligt er der i denne velsignet karbolduftende klinik, men pasningen er god, og det skal jo være så sundt at kede sig. I grunden troede jeg, det var en krønike med sygeplejerske-opofrelsen.

I stuen herved ligger den arrigste skrålhals af et ni måneders barn, men om ikke samtlige sygeplejersker er rede til at ofre ham deres hårdt nødvendige nattesøvn! Jeg ønsker ham hen, hvor peberet gror. Og så spørger de, om jeg ikke vil have ham "lidt ind i sengen". Himlen bevare mig og mit velordnede hoved. De arme kvinder, der har flere småbørn på en gang. Jeg gad nu vide, hvor mange mødre der virkelig føler noget for deres børn — *fordi* det er deres børn. Jo, Richardt får da kærligheden at føle med sit vidunderbarn. Han omtaler dets tænder — men ikke dets ondt-for-tænder.

I går havde jeg besøg af en rekonvalescent, der aflægger visit hos de sengeliggende patienter. Hun har lovet at komme igen hver dag, hende vil jeg dyrke. Hun morer mig. Hvor jeg forstår, der kan ligge en charme i at dyrke bakterier og pestbaciller. Lille årsag, stor virk-

ning. Jeg troede, sandt at sige, hun havde siddet i tugt-
huset. Der var det over hende, der gjorde, at jeg *vidste*,
hun havde været indespærret. Så småt ventede jeg at
få en forbrydelse skriftet. Men det var ikke det. Hun
havde blot i al uskyldighed i toogtyve år været non-
ne. I toogtyve år været nonne, dertil kommer læretid,
novicetid osv. Alt i alt havde hun i seksogtyve år levet
inden for klostermure, været underkastet klostertugt
og klosterdragt. Og nu var hun brudt ud. "Brudt ud"
som en fange, der af sine lagner snor det tov, der hjæl-
per ham over muren i frihed. Hun havde — hvordan,
det fortav hun — tvunget dem til at give slip, og nu
var hun altså begyndt at leve livet. Det liv, hun forlod
som sekstenårig, genoptog hun nu som toogfyrreårig.
Hun så ud, som én, der er tres. Men *det* livsmod har
jeg da aldrig truffet mage til. Jeg kunne ikke dy mig
for det næsvisse spørgsmål: hvorfor hun var brudt ud?
Og mennesket svarede mig, som det vistnok var, at da
hun mærkede, hun begyndte at blive gammel, kom
der tvivl op i hende, om ikke livet udenfor var rigere
end livet indenfor. Hun havde skænket sin store for-
mue til kirken og levede nu af en karrig årspenge, en
søster uvilligt tilstod hende. Men hun var lykkelig som
en dronning over at leve i to små kamre, som hun alene
herskede over, at kunne spise og drikke, hvad hun ville
og hvornår og hvormeget. At kunne dyrke sin gud —
hun havde på ingen måde afsvoret sin tro — af egen fri
vilje og uden klokkeslæt.

Nu ønskede hun blot så mindeligt, at der fandtes en
mand, som ville gifte sig med hende. Hun var virkelig
rørende beskeden. Det gjorde ikke noget, hvordan han

var, hvordan han så ud, blot hun fik lov at prøve den vidunderlige lykke: at have en mand. Jeg trøstede hende, så godt jeg formåede at lyve.

Men fik hun ingen mand, ville hun tage et barn til sig. Et rigtig sygt og forsultet og elendigt barn. Jeg sagde spagfærdigt, at skulle jeg, hvad himlen forbyde, fange den slags griller, ville jeg i hvert fald betinge mig et sundt, smukt og velnæret barn. Hvorpå hun svarede: jeg vil jo ikke have et barn, der skal leve for mig. Jeg vil leve for barnet. Hun er et fint men temmelig forskruet menneske.

Miss Ethel har væddet med mig om en fønikspalme — hun har en tom søjle på sit værelse —, at jeg kommer til at holde af drengen, blot jeg har haft ham hos mig en time. Jeg vil hellere give hende palmen straks og slippe for drengen, men når det nu kan more hende. Altså i eftermiddag. Og rene lagner, så såre timen er forbi.

Med skam at melde — jeg tabte den palme. Mon det ikke var al nonnens snak, der gik mig til hovedet? Jeg, der afskyr lugten af småbørn, der er bange for at røre dem!

Han lå ganske stille og skelede op til mig og sugede på en finger. Det var vist de små fingre. Jeg havde ikke imod, at tabe endnu en palme, men min stolthed forbyder mig heldigvis at udtale dette ønske.

Han skriger ikke, når han er hos mig. Ingen begriber grunden. I nat da han græd, stod jeg gamle menneske op af min mæslingeseng og kiggede ind til ham, jeg troede, plejersken var gået. Det var flovt.

40

Hr. professor Rothe!

Lili har lukket sine øjne og åbner dem ikke mere. Det vil næppe, efter hvad der er sket, være Dem og Deres nogen heftig sorg, vel snarere en befrielse. For hende var det en befrielse.

Jeg føler det som en pligt mod hende — egentlig ikke mod Dem — at skrive dette brev. De kan så gøre hvilken brug, De selv synes, deraf.

Jeg har skaffet Lili det sovemiddel, hun så inderligt ønskede. Jeg har siddet med hendes hånd i min, til den blev kold. Og jeg angrer *ikke*, at jeg viste det mod, De som læge, må kalde en forbrydelse.

Lili overgav mig, nogle dage før hun sov ind, en del breve. Jeg har i nat læst dem og lægger dem i kisten under hendes hoved. Disse breve bør ikke læses af udenforstående, og De blev Lili en udenforstående.

De har kaldt hende en *skøgenatur*! Ikke i ophidselse, men fordi De gennem overvejelser var kommet til det resultat, at ordet stemte. Den oprejsning, hun fortjener, står det ikke i min magt at give hende, men jeg ønsker, at den time må oprinde, da De indser, hvor blodig syndigt De handlede, De og Deres dårlige, dårlige børn.

Skøgenatur! siger De, som har været gift med Lili i mere end tyve år! Om Lili, det reneste menneske!

De siger: "Hun giftede sig med mig. Hun fik børn

med mig. Hun sagde, hun elskede mig. Og bag min ryg havde hun en elsker. Altså den rigtige skøgenatur!"

Professor Rothe, tillad, jeg følger Dem ind i Deres inderste konsultationsværelse, dèr, hvor de mest blufærdige damer lader sig undersøge. Lad så engang mig spørge Dem ud og undersøge Deres indre. Det kan hænde, Deres blufærdighed krænkes, men De skal høre, hvad jeg har at sige. For Lilis skyld. Og for det ords skyld, der hedder: — Dømmer ikke, at I ikke skulle dømmes!

Da De giftede Dem, valgte De efter Deres hjerte, og valget faldt på en ganske ung pige, der levede i idealernes blå højder. Hun blev Deres hustru, Deres ven, Deres børns mor, Deres hjems gode ordner. Og, vil De føje til, hun blev Deres elskerinde. Ikke sandt, De mener, at fordi De elskede hende og hun Dem, og De tog hende i favn som Deres hustru — altså var hun også Deres elskerinde.

Men jeg siger Dem, Lili har aldrig været Deres elskerinde, og hun har aldrig haft nogen elsker. Og det véd De, det har De hele tiden vidst.

Svar mig så, om De vil: Der findes tusinder og tusinder af kvinder, der på dette område er ufølsomme som Lili — hun elskede dog en anden, og mig bedrog hun!

Så ren, og så fin, og så sart var Lilis hele natur, at denne mangel — eller hvad De vil kalde det — for hende slet ikke eksisterede. Hun vidste derom, for hun var ikke uvidende. Og hun vidste om andre, og hun dømte ikke. Hun forstod hos andre, hvad hun ikke kendte hos sig selv. Som det lysbringende og glædespredende væsen, hun var, levede hun for Dem og Deres børn og hjemmet i sin egen skønne verden. Hendes forunderlige harmoni kom deraf, at det, der ikke lod sig vække hos hende, for hende ikke var noget savn og ikke nogen lidelse. Havde Lili været blind, hun ville have været den samme lykkelige natur, og hun ville have forstået skønhedsglæden hos levende seende mennesker.

I hendes indre opstod aldrig — som hos så mange stakkels kvinder — savnet af sansernes ild.

Hvor må hun ikke have elsket og æret Dem, når hun uden klage, uden savn og uden afsky kunne være Deres hustru i de mange år!

Schlegel har ikke været hendes elsker. Men hun har elsket ham. Hun har kendt ham mere, end jeg formodede. Og hør nu: Hun har elsket ham, grænseløst, som hun formåede at elske, fordi han ikke havde eller tog ægtemandens ret over hende. Dette var *hende* ubevidst. Men dèr er forskellen mellem hendes følelse for Dem og for ham. Som hun i barneårene drømte sig ordet "elskov", stod han for hende til den sidste time. Således har hun engang elsket Dem. Således kunne hun vedblevet at elske Dem, hvis De ikke havde taget hende til ægte og gjort hende til moder uden at vække kvinden i hende.

Lili er den evigt slumrende Tornerose. Ingen ridder vækker hende af søvnen. Men den mand, hun skænkede et livs lykke, kaldte hende en skøgenatur.

Hendes sidste dage bestod i fortvivlet længsel efter døden og tilgivelsen for den brøde, hun aldrig har begået.

Den Lili, der kom herover, var så forandret, at jeg ikke kendte hende. Min første tanke, da hun kom hen og sagde sit navn, var: — Hvem er skyld i dette? Det var ikke blot et brudt, men et *jaget*, et *mishandlet* menneske, der flygtede fra sine forfølgere for fredløs at dø i et fremmed land.

Den Lili, jeg forhen kendte, kom ind i en stue som solen i en skov, som glæden selv. Enhver kunne gennem hendes roligt strålende blik se til bunden af hendes rene sjæl.

Den Lili, der kom hertil, rystede på hænderne og vovede ikke at se nogen i øjnene.

Schlegel ligger i sin grav. Da han levede, var han mig ligegyldig som hvert fremmed menneske. Nu søger mine tanker ham med tak.

Og Lili har gået der hjemme og spist nådsens brød i fire lange år. Medens folk har beundret Dem, fordi De så højmodigt ”tilgav” hende. Og Deres dårlige børn har set ned på deres mor og behandlet hende som en utilregnelig. Der er blevet danset i Deres hus, professor Rothe, medens Lili sad oppe på sit værelse. Der er blevet fejret forlovelsesgilder i Deres hjem, medens husets frue meldtes syg — hendes blege, forgræmmede ansigt måtte ikke forstyrre festglæden.

Jeg har gjort det lidet, der stod i min magt, for at vinde den gamle, kære Lili tilbage, men det var for sent. Man kan ikke sige, hendes ånd var formørket, men hun grublede dag og nat over en gåde, der ikke lod sig løse. Hun sad mest og så på sine hænder, der aldrig var i ro. Og så talte hun om børnene. Hun havde engang hørt Edmée sige til en af pigerne: — Det var meget bedre, mor kom på en anstalt! De ord kunne hun ikke glemme.

Professor Rothe, De har gang på gang, når ulykkelige kvinder kom til Dem, beroliget og hjulpet ved at forklare, hvorledes overgangsårenes farlige indvirkning kan omkalfatre selv den roligste og sikreste kvindes væsen. Overfor alle andre handlede De klogt og godt og med omtanke. Til Lilis farlige alder tog De intet hensyn. De lod skæbnen knuse hendes skønne tilværelse. De rakte ikke hånden ud for at værne hende.

Jeg ville ønske for Lili, der var en opstandelse efter døden. Et sted, hvor der "ikke tages til ægte", og hvor "alt er kærlighed". Dér hører Lili til. Jeg vælger hendes grav i syd, hvor blomster kan trives, foreløbig bliver den udlagt som min ejendom. I morgen sender jeg de nødvendige praktiske oplysninger, samt en dødsattest — lydende på hjerteslag. Om jeg så skal skrive den selv!

Jeg har åbnet vinduerne. Floden er blå som hjemme i de lyse nætter. Det skyldes her månen. Stod det i min magt, lagde jeg Lili i en båd og lod den drive hende ud på det åbne hav.

Elsie Lindtner.

Jeg har snart så mange breve fra dig. Igen i dag kom der et.

Et brev fra dig til mig.

Altså véd jeg, du har haft mig i tanke, og det gør mig så godt. Jeg går jo dèr og tænker alle tider på dig og er glad derfor. Jeg vil ikke andet og ikke mere end have lov at elske dig.

Brevet . . . i *min* hånd, i *mit* eje . . . Du, som selv elsker, du forstår godt, at sådan bliver man, når man elsker. Hver usselig ting bliver en jord og en himmel.

Brevet i min hånd . . . det er minutter af din tid. Tiden er livet, altså ejer jeg dele af dit liv . . . For dig er de minutter borte, sunket som regndråber i jorden, for mig bærer de uforgængeligheden i sig, for mig er de som kim, hvoraf atter skyder kim, der næres af min kærligheds sol og væde.

Og hvad stod der så i brevet? Jeg skammer mig ikke for at sige det. Kun ord føjet til ord som fodspor til fodspor på en leret vej. De beskrevne siders indhold er ikke større end de tomme. Men jeg ventede det heller ikke. Hvor skulle jeg kunne vente det?

For dig er jeg kun et menneske blandt mange. Nej, lidt mere — lidt mere. Du sagde, første gang vi havde været sammen — ikke til mig —, at mit væsen var dig til behag. Det vil sige, at du befinder dig vel i mit nærvær. Mit lille stakkels nærvær, jeg har så ondt af mig selv, når vi er sammen. Da er jeg som to personer, hvoraf den ene gør og siger kun det modsatte af, hvad den anden ønsker sagt og gjort. Blot jeg går foran dig, følende dit blik efter mig som en levende skygge, der ikke hører mig til, bliver jeg bange og undselig som et barn. Ængstes jeg for, at min gang, min skikkelse, mine bevægelser skal vække dit ubehag, men jeg prøver at lade som intet. Jeg taler og ler og *er* to personer, hvoraf den ene med bedrøvede blikke følger den andens forkerte færd. Den anden, der slet ikke véd, hvordan den skal te sig for at tækkes dig. Og det er mig . . . mig, der blandt alle andre mennesker føler mig fri som løvetandsfnuggene på en mark. Jeg taler, bliver ved at tale, som skulle jeg med mine ord fylde rummet — angst for, at tavshedens forlegenhed skal stivne mine træk — også angst for at se tegn på kedsomhed i dit blik.

. . . Dit blik . . .

Dit blik er som en mørk og langsomt rindende flod, hvorpå din sjæl kommer glidende min i møde.

Når du ser på mig, fødes der en verden i mig og om mig. Er det, som hin dag, da herren sagde: bliv lys! og det *blev* lys. Dit blik har adskilt mit indre i lys og mørke af større modsætning end nat og sol.

Dit blik gennemtrænger hver af mine bloddråber, som solen trænger ned i den hvilende jord og vækker de slumrende kræfter til liv.

. . . Jeg kender dit blik, når det hviler på mig som en træt hånd på ryggen af en stol — når du slet ikke ser mig, men ind i de sorger, jeg vel aner men ikke må vide. Da græder det inde i mig, ikke ét sted men tusind. Da springer bedrøvelsens hede kilder i mit indre.

Men vær ikke bange, ven, jeg nævner jo ikke, hvad jeg aner. Når *du* vil, at ingen må vide det, da tier jeg — da lukker også jeg mit blik som en blomst mod natten, tvunget af det mørke, hvori du hyller dig ind.

Og jeg lader, som jeg intet, slet intet forstår. Men din mund, elskede, din mund og dine kære, dejlige hænder forråder dig. Omkring din mund dirrer og skælver det, som om de usagte ord lå og krympede sig — og dine hænder er så hjælpeløse.

Dine hænder, hvis greb kan være kongelig fast, de slappes, men du véd det ikke selv.

Undertiden forekommer dine hænder mig så fulde af ”synd og sorg og fare”, at det er, som om min egen sjæl bar ansvar for din.

Således taler jeg til dig, elskede, fordi du aldrig får det at vide . . .

Der er andre dage, hvor dit blik ved synet af mig — men kun fordi du selv er glad, kun derfor — hvor dit blik bliver som den blå blomst, der gror i drømmenes hellige haver. Da har *du* oplevet glæde eller bygget dig nyt håb — jeg tænker, da har *du* fået kraft gennem det blik, der er dit liv, som dit blik er min livskilde.

Da tindrer dit blik imod mit, og om dine læber kommer og går et smil, fra dit væsens bund vandrer det frem, forundret over sig selv. Da er din skikkelse rank og spændt, og går du over gulvet, sker det med en rytme, der rører mig som sang.

Men elskede, du har et tredje blik . . . det, jeg mindes, når mørket kommer, det, jeg mest frygter og mest elsker. Du husker, jeg er kvinde — pludselig, som faldt der en maske fra mit ansigt, husker du, at jeg er kvinde. Og ikke blot det, nej, at jeg er kvinde for dig. Og det smil, der slutter mig inde som et favntag, det skyldes ikke din viden om min kærlighed, det skyldes mig, fordi jeg er *kvinde*. Og så, naturligvis, fordi du i dit gode hjerte gerne vil gøre mig den glæde at huske det ...

Dine øjne fyldes med tåge, så med mulm, og i dette mulm synker jeg ned som i en evig nat.

Jeg føler din arm under min nakke, din kind vemodigt mod min. Skælvende står vi op mod hinanden som to skovens stammer, der et kort nu presses voldsomt sammen af et uvejrs vindstød — for atter at skilles.

Bagefter er dit smil fremmed, overbærende, og dit blik slukt som en lampe, der har fortæret sin sidste dråbe olie.

Mit stakkels hjerte har sagt mig grunden: — Du undrer dig over, at du gav efter for en stemning, der hos dig betød så lidt.

Men når jeg bedrøvet vil gå, giver du mig igen din mund — som en venlig almisse ...

. . .

Brevet, det tomme brev. Jeg tager det til mig, og jeg går fra mit hjem, dybt, dybt ind i skoven, til jeg finder et sted, der er ensomt nok. Dér lægger jeg mig. Brevet har fyldt mit hjerte med en glæde, der ligner skovbundens stærke Duft.

Jeg åbner mit brev, ser på de to tomme sider og læser igen de to beskrevne. Jeg begynder en varsom leg med ordene, stiller dem om og om, læser bogstaverne enkeltvis, som lå der skjult en yndig hemmelighed, et kærtegn, i hvert skrifttræk. Jeg synes, at der må dog — et sted — findes et eneste lille ord, der gælder mig, mig alene.

Men glæden går ned med solen. Når bladenes glimren slukkes af mørket, visner de hellige tegn, og jeg sidder med tungsindet i mine hænder.

***

Elskede, elskede! hvor du er god!

Hele natten har jeg ligget vågen, medens de samme ord igen og igen randt gennem mit sind som en stilhedens sang gennem mørket: Hvor du er god!

Du gav mig en aften . . . Nægt det ikke nu, husk, jeg samler alle de minutter, du har råd at miste, jeg sanker dem, som Ruth sankede strå på Boas rige ager.

Jeg havde slet ikke vovet at håbe på dig. Slet ikke. Det må du tro. Jeg gik hjemmefra alene, i tanker, der gjaldt dig men ikke med noget håb om at se dig. For da jeg bad dig: — Kom til det møde! rystede du på hovedet og svarede: — Det kan jeg ikke!

Men som jeg gik dèr i de aftenlyse, travle gader, var det pludselig, som om hjertet blev så tungt, at jeg ikke kunne komme videre. Dog slæbte jeg mig af sted.

De mange mennesker hilste mig og var glade, fordi jeg kom. Jeg stod midt i en klynge. Da følte jeg *dig*, dit komme, hørte din gang . . . Det var for mig, som gik du inde i mit hjerte.

Smilende rakte du mig din hånd — det alene havde været nok til at forgylde min aften, men du blev hos mig, *hos mig*. Vi sad sammen, *vi to* . . . *vi* sad sammen

50

den hele aften. Medens de andre drøftede, hvad de var kommet for at drøfte, sad jeg og lod mig indspinde i en lykke, der næsten var for stor for min nøjsomhed.

Flere gange lænede du dig mod mig for at hviske til mig, og vi to lo og talte om de andre.

Du holder jo af mig, det gør du, som af en ven, med hvem du kan tale og tie. Hvis jeg en dag ikke var mere, ville du — om kun for minutter — føle det som et savn. Deraf véd jeg, at mit liv ikke er levet forgæves.

Sagte vinder jeg frem, hanefjed efter hanefjed — og jeg plager dig ikke, vel? Jeg plager dig ikke? Hellere opgav jeg den lykke, det er at se dig og nu og da være, hvor du er. Det er jo sådan, at jeg intet fordrer uden det ene at måtte elske dig.

Undertiden, når mine tanker tog skyernes høje salige flugt, har jeg spurgt mig selv: — hvis nu det *umulige* skete. Hvis du kom til at elske mig.

Skyerne går højt, men når de er tunge af jordens dampe, græder de sig lette påny, og deres tårer gyder frugtbarhed over skov og eng, medens de selv sejler videre oppe i den kolde æter.

Skyerne higer efter stjernernes højde som mine tanker efter din kærlighed, men de véd så godt, de higer efter det uopnåelige.

Og når mine tanker en tidlang har holdt sig der oppe i højden, så tynges de af hjertets bedrøvede vished, og daler sagte ned, hvor de rettelig hører til.

Mens hjertet selv som et anker søger bund i sorgens stille, dybe sø . . .

Hvad snakker jeg om sorg, jeg den lykkeligste blandt alle lykkelige . . . jeg mente det ikke, åh nej, jeg mente det jo ikke.

Men hvis det *umulige* skete! Det umulige . . .

Hvis det skete. Hvis du kom til at elske mig. Hvis dit blik sagde mig det blot en eneste gang.

Jeg véd, hvad jeg ville gøre. Det véd jeg. Jeg ville lukke mine øjne over det blik for aldrig mere at slippe det. Jeg ville gå bort fra mit hjem, fra mine børn, fra livet. Jeg ville stille, stille sove ind for ikke mere at vågne. Jeg måtte have gravens mørke om mig. Og ingen lyd skulle forstyrre min lykke.

Leve og vide, du elskede mig, det kunne jeg ikke. Dertil har jeg ikke kræfter. Jeg kan kun elske.

Heinrich sagde en dag: — Forgrib dig ikke på mine små flasker! Sådan stirrede jeg på dem. I hver af de flasker gemmes gravens ro. Men jeg skal leve længe for mine små børns skyld og for Heinrichs. Og jeg vil også leve. Jeg har jo ingen grund til andet.

Men jeg *er* ikke hos dem. Når jeg går i mine stuer, når jeg taler med Heinrich og børnene, så er jeg der ikke. Mine øjne ser efter *ham*, mine øren lytter efter ham . . .

Fra det nu, vi mødtes, du, elskede, og jeg, blev jeg fremmed blandt mine egne. Men ingen véd det, kun jeg selv. Og jeg føler det, at bindes jeg end af tusinde bånd, de brister som edderkoppens tråde, når det gælder dig . . .

Jeg er så meget af en drømmer, at det er vanskeligt for mig at skrive til dig, netop som det er imellem os. Bestandig rykker andre tanker i mig, og jeg må kæmpe for ikke at lave om, ikke at digte til. Og du forstår, jeg vil ikke digte en tøddel til. *Du* må godt vide, hvor fattig jeg er trods hjem og slægt, og hvor rig du gør mig derigennem, at jeg trygt og altid må holde af dig.

Du må vide alle ting om mig — du må også vide, at jeg godt véd, du slet ikke bryder dig om at vide det, men jeg skriver heller ikke for din men for min egen kærligheds skyld.

Du er så usigelig god . . .

Det var en anden aften, til festen. Jeg bad dig give mig en lille stund, mig alene. Og midt i tummel og musik satte vi os hen i en krog ved et bord. Man bliver så klogt beregnende, når man har små midler — jeg satte mig således, at jeg af mine øjnes og mit hjertes lyst kunne stirre dig ind i sjælen, uden at nogen så, hvad jeg havde for.

Du, du så på mig, som om du var glad over min glæde. Du talte i øst og vest, men hvert ord, du gav mig med den fortrolige betoning, der nu engang klinger os imellem, var som purt guld, jeg fik til at øge skatten med. *Min* skat.

Ikke længe fik vi Lov at sidde i fred. Andre kom til, de spøgte med os, de talte om, at vi så åbenbart søgte hinanden. De dumme mennesker. Thi det er jo kun mig, der søger dig. Og alligevel, vær ikke vred, det frydede mig, at de sagde det — sådan er jeg.

Så var det, vi kom til at tale om godhed, og jeg sagde, og lod alle høre derpå, at du var den bedste og fineste af de mænd, jeg kendte. Min egen mand stod hos og smilede, han var sikker på mig. Både du og de andre erklærede, der var dog mænd, der kunne måle sig med dig. Jeg tålte ikke at høre det. Sagte bad jeg dig indrømme, du var den bedste. Og du hviskede til mig, og det var første gang, du sagde "du": — *For dig er jeg den bedste.*

Men det er ikke sandt, at det kun er for mig. Du er vidunderlig god. Hele din færd viser det. Alle véd det. Og alle véd, at du lider. Ingen kan værne dig mod den viden, der er dig så dyb en forsmædelse. Dit hjerte er trådt i støvet ... Jeg burde lære af dig at glemme mig selv og aldrig tale til dig om den kærlighed, der dog intet kan være for dig. Det er heller ikke med ord, jeg taler ...

Den aften var det, du tog mig ind til dig, ikke fordi du elsker mig, men fordi du er så god. Medens dine læber søgte mine, spurgte jeg: — Så er det sandt, så holder De alligevel af mig? I din godhed svarede du: — Ja, det er sandt, jeg holder meget, meget af dig!

Men havde jeg nu sagt: — Elsker du mig? Og du, i din uendelige godhed, havde svaret: — Ja, jeg elsker dig!

Hvad så? Hvad så?

Jeg frygter den stund, da jeg gør dig det spørgsmål. Fremme i tiden ligger den, lurende venter den. Gid jeg må få styrke til aldrig at tale, eller, hvis jeg taler og du giver *det* svar, at jeg da må *forstå*, du kun svarer i din godhed.

Men der er noget mellem os, noget, vi to har alene. Noget, der er større end elskov, fordi elskov går frem mod et mål og sent eller tidlig standser — og vender tilbage. Det, der er mellem os, vandrer som en stille stjerne i sin egen fjerne bane. Ingen og intet kan hindre dens vandring.

... Men jeg er jo ikke nøjsom. Din kærlighed, véd jeg, bliver aldrig mit eje, og jeg venter det ikke og vil det ikke. Det er min store lykke, at jeg mødte dig så sent, at jeg ikke blev en af de mange, der gik gennem dit hjerte ud i kulde og evig længsel.

Det er min fødselsdag, og alle kappes om at gøre mig glad. Stuerne er fulde af blomster og gaver. Men jeg er ikke glad, og det hele er jo kun en barnagtighed. Hvor skulle du kunne huske, det var min fødselsdag? Du, som kender så mange mennesker. Du kommer i aften, og med vilje har jeg ikke sagt, det var min fødselsdag. Måske fordi jeg håbede, du selv havde mærke ved den dato. Sidste år mødte jeg dig på gaden, og du sagde, det var din faders dødsdag, og så fortalte jeg, at det var min fødselsdag. Du bad, om du måtte sende blomster til mit hjem, og jeg sagde nej. Hvorledes skulle jeg kunne forklare det: du som aldrig havde været i vort hjem! Og nu kommer du i aften! Du ville først ikke, og det var smukt, at du ikke ville. Men da du ikke, da du jo ikke — elsker mig, behøver du ikke at føle ubehag over for min mand. Du kommer i aften! Du kommer i aften! Hver gang det ringer, får jeg hjertebanken, og hver gang bliver jeg skuffet. Det er, som om man står i en lys stue og der pludselig bliver mørkt.

Jeg *har* jo fået blomster fra dig, men jeg har aldrig sagt tak. Du véd slet ikke noget om de blomster. Skal jeg sige dig, hvordan det gik dem? Vil du vide det? Men du må ikke le! Jeg bliver så lykkelig, når jeg tænker på det. Det er næsten, som om blomsterne endnu stod henne i vinduet, og jeg endnu lå i morfindøsen og ikke kunne åbne øjnene — men vidste, at dine gule orkideer som en flok sommerfugle på en spæd kvist stod der henne og dirrede med deres fine gule vingeblade.

Måske skænkede du slet ikke det nogen tanke, enten jeg fik dem før eller efter operationen. Måske havde du kun bedt blomsterhandleren i telefon om at sende noget kønt ud til klinikken en af dagene. Overfor dig er jeg jo beskeden, har jeg grund til at være det. Jeg lå i sengen. Ingen var hos mig. Lægen havde nylig været der og for sidste gang — som han nu mente, det var hans pligt — forklaret — hvad min kære Heinrich så omhyggelig skjulte for mig —, at det var et spørgsmål om liv eller død. Han havde vist ikke noget håb. Men jeg var ikke bange. Jeg lå og tænkte på dig og på Heinrich og på børnene og på dig igen. Jeg tænkte på, da jeg fortalte dig, jeg skulle underkastes den store operation. Jeg måtte sige det til dig — for hvis jeg døde, *måtte* jeg have sagt dig farvel. Du ville ligesom slå det hen i spøg, men lidt efter blev du stille. Du spurgte, om jeg var bange. Jeg bad dig, hvis det gik galt, om du da ville gå forbi min grav blot en *eneste* gang. Blot en eneste gang. Det var jo så barnagtigt, men du lo ikke. Du sagde blot: — Jeg lover det for at stille dig tilfreds, men jeg véd, *du* kommer til at gå forbi *min* grav . . .

Jeg har jo den evne, når jeg vil, at kunne tænke dig nærværende, så nærværende, at jeg undertiden ikke udholder, der er andre i stuen.

Jeg ville være ene med dig. Fra jeg kom ud på klinikken, var jeg ene med dig hver aften og hver nat. Jeg talte med dig. Jeg talte, og du tav.

Mange ord har jeg aldrig kunnet lægge dig i munden, men dine opmærksomme øjne iagttog mig, og du var hos mig. Da lægen gik, lå jeg længe ene, sygeplejerskerne mente vel, jeg behøvede ro efter samtalen med lægen. Jeg tænkte på dig. Jeg blev så forunderlig urolig. En glad sitrende uro. Hele tiden så jeg henimod døren, som om jeg ventede at se dig træde ind. Det ventede jeg ikke, jeg vidste, det var umuligt. Af mange grunde. Det ville ikke falde dig ind at besøge mig. Også kunne du tænke, at besøg var forbudt så nær op mod operationen. Der havde stået blomster inde hos mig, de var fjernet, blomster fra mine venner og fra mange af Heinrichs patienter. Jeg måtte ikke ophidses af duften. Jeg lå og så mod døren, mit hjerte begyndte at banke — nej, ikke at banke, men det var, som om noget gik derinde. Jeg følte — tro nu ikke, elskede, at det er noget, jeg bagefter har bildt mig ind — jeg kunne føle, at en stor glæde var på vej til mig. Jeg hørte skridtene inde i mit hjerte, og så hørte jeg dem også ude på trappen. Sygeplejersker og besøgende gik i de trapper den hele dag, men jeg rejste mig i sengen med hånden mod hjertet. Jeg vidste, vidste, vidste, det gjaldt dig.

Min sygeplejerske kom ind med en pakke. Det var, som om hun også forstod, dette var noget, jeg måtte se. Hun kom helt hen med æsken. Smilende og langsomt åbnede hun den, næsten drillende langsomt. — Lad mig, bad jeg, men hun åbnede den.

Jeg mærkede blodet gå fra mit ansigt: — Giv mig dem! bad jeg, som bad jeg for mit liv. Hun rakte mig den lange gren, hvor blomsterne svirrede gyldent som solpletter over det hvide lagen. Jeg holdt grenen i mine hænder.

Da hun var borte, kyssede jeg hver af de følsomme blomster — du var hos mig. Al din ro gled over i mit blod. Nu kunne jeg dø. Blomsterne blev sat i vand, og man ville stille dem hen i vinduet. — De skal stå her i nat! og ingen modsagde mig. Hele natten lod jeg lyset brænde, jeg lod, som jeg var bange for mørket. Jeg sov og vågnede, sov og vågnede. Blomsterne sov ikke, og de fløj ikke fra mig. *Du, du, du* var hos mig!

Selv om du ikke skænkede mig en tanke den nat, var du hos mig alligevel. Og måske drømte du om mig. Mennesker drømmer så ofte om ting, de slet ikke tænker på. Og du glemte drømmen, før du vågnede.

Næste morgen, da man hentede mig, bad jeg så bønligt, at man ville lade mine orkideer blive ved sengen. Roligt lod jeg mig føre ned til bedøvelsen. Da masken blev lagt over mit ansigt, tænkte jeg på dig, og det var, som om de gule vingede blomster begyndte at flyve hen over mit ansigt. Jeg indåndede trygt den stærke lugt, og det var, som blomsterne fyldte rummet, de blev fra en sværm til talløse, til et syngende hav af gult — og inde i det syngende hav så jeg dine øjne. Du var hos mig, selv om du ikke fulgte mig med en tanke, var du hos mig.

Jeg vågnede med dit blik i mit. Mine øjne var for trætte til at se. Dog så jeg de gule blomster dirre på deres stængel. De var kommet tilbage. De havde fulgt mig med deres kærlige sjæle, og nu var de kommet tilbage. For mine øren lød det, som om de vedblev at synge eller kime. Du var hos mig.

Når smerterne blev heftige, var det, som de flygtede, som om mine klager jog dem bort. Men jeg forstod det. De var som du. Også du hader tanken om sygdom. Også du kan ikke lide, når folk er syge. Derfor prøvede jeg at smile til dem og lade, som om jeg ikke følte smerterne.

— — — Dine blomster. Dine herlige, hellige blomster.

I dag er det min fødselsdag, og du kommer, alligevel er jeg ikke glad. Alle mine gode venner kommer. Jeg skal sidde ved det samme bord som du! Du skal sidde ved min side, for du er jo den eneste, der er her for første gang. Det er ikke, det kan ikke være nogen synd. Men hvis det er en synd, så straf mig, så lad mig lide derfor, jeg er jo beredt.

Jeg har sagt, jeg må hvile, inden gæsterne kommer, jeg må være lidt i fred for at samle mig til den glæde, der er større end glæden.

For min glæde er større end fryd. Der er ikke noget større, der er ikke noget så stort som min glæde.

Blomsterne er stået op fra de døde. De gule sommerfugleblomster. Har du da husket så langt tilbage?

***

Jeg ville ønske, det var forbi. Jeg véd ikke selv, hvad det er, men jeg ville ønske, det var forbi.

Det, som jeg ikke véd, hvad er.

Jeg ser noget gennem murene, og jeg ser det ikke. Han er ikke død, men det er noget, der gør mere ondt end døden.

Og det var den lykkeligste aften i mit liv. Måske er det slet ingen ting. Måske er det kun mit hjerte, der brister af lykke. Kan det gøre ondt, når et hjerte brister?

Det kom i det øjeblik, du gik ud af døren. Magna Wellmann vendte hovedet om og sagde: — Det var den bedste aften i hele året! Og du nikkede.

Da var det. Det var, som om jeg fra al min glæde

pludselig blev klemt inde i en kiste og ikke kunne drage ånde. Heinrich spurgte: — Er du syg, du ser så underlig ud. Og du har jo strålet den hele aften, som om du havde lys inde i dig. Det havde jeg jo også. Netop lys. Og nu er det slukt. Jeg må samle det om mig. Jeg vil beholde min lykkeligste aften. Det er synd at tænke sådan, men jeg er glad for, at Heinrich i aften skal læse den afhandling. Jeg mener ...

Du førte mig til bords, du sad ved min side, og du var så rolig. Du er jo altid så rolig. Hvorfor skulle du ikke være rolig, det er jo ikke dig, der elsker.

Du bad mig drikke, og jeg, der aldrig drikker vin, drak med dig. Kun en slurk. Da var det ... nej, jeg kan ikke tale derom. Men nu forstår jeg, at præsterne kan tro, når de siger: — Dette er Jesu legeme, og dette er Jesu blod. Ingen så det på mig.

Det var min kærlighed, der sprang ud.

Nu véd jeg, hvad det er, jeg før har manglet, men jeg er glad for, at jeg har manglet det.

Og du talte for mig. Det var så rimeligt. Du havde mig til bords, og det var min fødselsdag, men for mig var det et helligt under. Og ordene, du sagde, er sovet ind ved mit hjerte. Når jeg engang ligger i kisten og mine børn græder over mig, vil de vågne op og hviske til mig og synge for mig som dine gule blomster, da jeg var syg.

Jeg holder så fast på min lykke. Men mine hænder er svage, den siver bort som sand, der rinder. Timerne går, som de kom.

***

Hvorfor rev du min drøm itu? Hvorfor stak du en kniv i mit hjerte?

Jeg har jo aldrig tænkt på at blive din elskerinde, og jeg under dig al den glæde, der er til. Men hvorfor netop denne nat? Den nat, hvor jeg vågede og bad for min lykke!

Da Magna Wellmann ringede, vidste jeg det. Hun sagde ingenting, og jeg spurgte ikke. Mine gule orkideer hænger som døde sommerfugle på deres stængel, jeg har glemt at give dem vand.

***

Tilgiv mig. Sådan er jeg ikke, sådan vil jeg ikke være, og nu er det forbi. Det gør ikke ondt mere. Jeg er vist som den lille dreng, der blev kørt over i fjor, han græd og jamrede, han troede, han skulle dø, og så var han ganske uskadt. Din vej gik over mit hjerte, og jeg troede, det måtte dø, men det fejler ikke noget.

***

Det er måneder siden, jeg sidst skrev til dig. Jeg har ikke kunnet. Jeg var som opskræmt. O, hvorfor taler mennesker så ofte uden at tænke. Den ene siger ligegyldigt et ord, der borer sig som en forgiftet pil i den andens hjerte. Jeg har flakket om med min angst. Jeg har lyttet til al den snak. Jeg er syg af uro. Mit yngste barn har været sygt, dage og nætter har jeg våget over det og ventet døden hver time — og dog, dog, midt i al frygt for døden var mine tanker ustandseligt hos dig.

Jeg ville ikke tro … men hvis det er sandt … Elskede, jeg er så bedrøvet, og jeg véd ikke, om jeg tør sige dig grunden. Om du vil tåle min indblanding i dit livs daglige vaner. Men jeg er ikke blot bedrøvet, så kunne jeg tie og lide i stilhed, nej, jeg er bange, bange, bange . . . Jeg sover ikke for angst.

Du skrev selv til mig i fjor, at din læge havde forbudt dig brugen af det stærke middel, der er blevet dig en nødvendighed, og at du føjede dig efter ham, men led frygtelige smerter. Allerede dengang fødtes angsten i mig.

Mange, mange gange var det, som løb jeg panden mod den mur, der stænger liv fra død . . . og alligevel. I dine hænder var, syntes jeg, kræfter, som ingen sygdom kunne nedbryde, i dine hænder, i dit blik, i dit smil.

Men en dag skete der noget, som jeg var uger om at stryge ud af sindet: Jeg sad hos dig, og mellem os var, som der plejede, en bro af godhed og fortrolighed. Over den bro gik dit smil og mødte mit. Vi legede med ord som børn med blomster på en eng.

Din hånd lå over min, så fast og kærligt. I det nu fattede jeg, hvorfor mennesker holder grundstenen i ære. Jeg følte min hånd som hovedhjørnestenen i en evighedsbygning. Så stolt var jeg, for så fast og trygt og kærligt hvilede din hånd over min.

Og da, pludseligt, så forfærdelig pludseligt, at mit hjerte holdt op at slå, stivnede dit smil, nej ikke stivnede blot, det døde, dine øjne blev tomme som glaskugler . . . Dit ansigt blev ikke blot fremmed — var det kun det — det blev, så *du* ikke selv havde kendt det i et spejl.

I det øjeblik, om sekunder eller minutter véd jeg ikke, var du ikke herre over dit legeme, var du ikke herre over din sjæl . . . Så kom du til dig selv igen, men jeg gik bort og græd. Mine tårer var kolde, sådan frøs jeg.

62

Kort efter måtte jeg rejse. Elskede, elskede, hvor kærlighed er fuld af sorg! Hver dag, hver time, når jeg gik dèr i min have mellem blomster, jeg selv har plantet, blomster, der i al hemmelighed står og gror for dig og kun venter på dit komme — så så jeg for mig — som en skygge, der voksede ud fra mit eget beængstede sind, dit elskelige ansigt med det slappe udtryk, med det glasagtige blik.

Sorgen, jeg undfangede, har siden ligget under mit hjerte og er dag for dag, næret af min banghed, blevet større.

Men så kom jo dine breve, de, der er som stjerner, neddryppede i den stille mørke nat — og igen fik jeg kraft og mod til at se livet trygt i møde. *Livet* er for mig jo dig.

Jeg kunne tænke mig, at alle mennesker om mig døde, også mine kære børn, alle, der er mig kære og nære, og alle de, der opfylder jorden, og at husene sank om, og at dag og nat blev ét — men jeg kan ikke tænke mig livet uden dig.

Jeg kan ikke, og *jeg vil ikke.*

Sommeren gik, og med de faldende blade kom jeg atter i din nærhed. Du var at se til den samme, kun mere bleg, mere mat i blikket. Dine hænder var de samme, dine læber søgte mine.

Jeg spurgte dig ikke ud. Vover man at råbe til den, der går på line over en afgrund, om han er svimmel? Jeg spurgte dig ikke. Men andre talte til mig om dig.

Og alle, alle sagde det samme: — Se, hvor han er forandret! Og de talte om det stærke middel, der er dig nødvendigt, det middel, hvormed du opretholder din ydre maske af sindsligevægt — en maske kun, og gennem maskens huller stirrer din egen forpinte sjæl ud i ødet.

Nu er det, nu er det — bliv ikke vred, bliv ikke krænket, men lad mig sige det, jeg ikke længere kan bære på usagt: — Prøv, om du ikke, langsomt, lidt efter lidt, kan komme bort fra det middel, der i stedet for at styrke undergraver dit helbred. Jeg beder i min kærligheds navn, men, og det må du tro, ikke for mig selv alene. Thi var det sådan, at jeg skulle dø og jeg vidste det, og jeg aldrig skulle se dig mere og aldrig høre din stemme, min bøn ville blive den samme. Hvorfor vil du være god mod alle andre, kun ikke mod dig selv? Og en læge har sagt mig om dig. . . nej, der er ord, som ikke tør gentages . . .

Siger du nu med et smil, at jeg ser syner, at mine følelser tager magten fra mig, så har du måske ret. Men elskede, døden er ikke det værste. Forstår du mig nu? . . .

Jeg sidder her og skriver i fuldt solskin, mine børn leger om mig og taler til mig og spørger, hvorfor jeg græder . . .

Nu er det sagt, og nu, det er sagt, tør jeg ikke lade dig læse, hvad jeg skrev. Men jeg vil gemme det mellem alle ”dine” breve, dem du aldrig fik, og bliver jeg en dag modig nok, skal du læse det.

Kun det af dem alle.

Heinrich, jeg ville skrive til dig og en sidste gang bede dig om tilgivelse, men jeg véd, det nytter ikke. Måske kunne din tilgivelse heller ikke nytte mig nu. Det er for sent. Jeg har lidt så meget, jeg kan ikke mere. Men i dette brev står kun sandheden, og det er det sidste brev, jeg skriver.

Heinrich, jeg har aldrig fornægtet min kærlighed til dig. Jeg har aldrig glemt dig, og jeg har aldrig bedraget dig. Når jeg nu skal dø, fordi jeg trænger til den søvn, der ikke vil forbarme sig over mig, så længe jeg lever, må du tro mine fattige, sidste ord.

Jeg véd ikke, hvor jeg går hen, men vidste jeg, at vejen gik til paradisets port, og den åbnede sig for mig, kunne jeg ikke gå ind over tærskelen. Så længe du ikke i dit hjerte har tilgivet mig, kan den evige fred ikke omslutte mig.

Og vidste jeg, at han, for hvis skyld jeg har voldt dig så stor en sorg, at skyggen deraf falder tilbage og formørker alt, hvad der før var lys og lykke, vidste jeg, at han stod rede til at tage imod mig med de ord, jeg aldrig hørte ham sige her: Min elskede! — jeg kunne ikke følge ham ind i den glæde. Skyldbevidstheden er trængt ind i mig.

I de år, jeg elskede dig alene, var jeg lykkelig, da han kom ind i mit liv, og jeg elskede jer begge, voksede min lykke med min kærlighed. Og jeg følte ingen skyld. Jeg var så usigelig lykkelig. Jeg elskede dig, og jeg elskede ham. Du er læge, og når kvinder er syge, kan du gøre dem raske, men for min sygdom vidste du intet råd.

Og jeg kan ikke gøre det, som du ønsker, jeg kan ikke sige, at min kærlighed til ham er død. Kærlighed kan ikke dø, hvis den har levet.

Heinrich, da du tog mig tilbage, bad jeg dig om ikke at spørge mig, og du spurgte ikke. Men dine øjne spurgte, og væggene spurgte, og alt omkring mig spurgte. Jeg vil ikke mere have hemmeligheder for dig, men du kan ikke forstå det, jeg nu har at sige:

Han kendte mig ikke, da jeg kom til ham, og han døde uden at have genkendt mig. Men jeg var lykkelig over at være hos ham. Når de andre sov, og det var ganske stille, hørte jeg ham sige et navn. Ikke mit. Mig elskede han jo ikke. Hver gang han nævnede det navn, var det, som om jeg sonede lidt af min skyld mod dig. Jeg sad og lyttede, nætterne var så lange, men mit navn kom aldrig. Hendes navn, som han elskede, og andres navne, aldrig mit.

En nat faldt jeg i søvn og drømte, han kaldte på mig. Jeg vågnede, og da var han død. Og nu får jeg aldrig at vide, om det var en drøm eller mere.

Jeg har tænkt så meget på, om andre kvinder er som jeg, og var jeg stærk nok, ville jeg gå rundt og søge, til jeg fandt én, der kunne sige med sandhed, at hun elskede to mænd og elskede dem begge med sit ganske hjerte, med sin hele sjæL hende ville jeg bede gå til dig og

forklare, at det er noget, man ikke kan gøre for, noget
der ikke kan bekæmpes eller dræbes. — — —

Min nonne har fået sig en mand. Og jeg har besøgt de nygifte. Han er enøjet og luvslidt og går med bomuld i ørene. Han er murerhåndlanger. Når hun ser på ham, er det, som om himlen åbner sig for hende.

Hun er af god familie og har fået en god opdragelse, han er uvidende og dum, men han synes at befinde sig vel under hendes tilbedelse. Jeg havde billet til Lohengrin i aften, men jeg er ikke oplagt til at gå.

Trods alt er det jo ikke meningsløst. Jeg har ment det før, men der er foregået en værdiforskydning i mig. Når jeg tænker mig om, er der for mennesket jo kun en eneste virkelig ulykke: ensomhed. Ensomhed på en øde ø, ensomhed i en stor by, ensomhed i ægteskabet . . . ensomhed. Derfor slutter alt levende sig sammen, stakkel parrer sig med stakkel, skønhed med penge, ungdom med sundhed. Dyrene søger sammen. De visne blade, der drysser fra træerne, formæler sig i undergangens time.

Nu har hun ført sit klosterhalvliv i de mange, mange år, og følt sig bedraget, og elsket uden plan. Hun har kæmpet sig fri, samlivstanken, der måske alt i klosteret har plaget hende, bliver ude i verden det højeste mål. I sin beskedenhed tager hun ydmygt til takke. Det er ikke latterligt.

Men jeg er ene. Og jeg er ensom.

Gud i himlen, hvad har jeg gjort? . . .

— Han ligger og sover derinde, som skulle han aldrig mere vågne. Og var det ikke bedre, om han ikke vågnede? Sådan en lille orm! Men jeg kunne ikke andet. Og bagved al angst og uro har jeg en følelse af for første gang i mit liv at have handlet ret.

For det var ikke uoverlagt eller var det? Hvad véd jeg? Der er foregået en forvandling med mig. Men fra hvornår stammer den, og hvor bærer det hen?

Havde jeg dog et menneske at kunne rådføre mig med, men der er ingen. Jeg har sprængt alle bånd, jeg er alene. Selv Jeanne — Jeanne må jo have det at vide snarest, men hun vil tro, det er, som alle mine andre handlinger, et lune, et tidsfordriv.

Nu spørger jeg mig selv, nu spørger jeg ned i mit hjerte, hvorfor gjorde jeg det? Ingen svarer. Og drengen ligger der inde i min seng. Jeg har vist sovet et par timer her i stolen, men jeg véd det ikke. Vinduerne står åbne, dog fornemmer jeg hele tiden den skrækkelige spiritusdunst. En syvårs dreng! Véd jeg, om han er syv år eller fem eller ni?

Jeg må tage mig sammen. I denne time afgøres måske mit hele liv. Jeg behøver blot at tage telefonen til øret og bede portieren kalde på politiet. Inden middag er drengen borte, og jeg ser ham ikke mere.

— — —

Han vedkommer mig jo ikke. Det ville være den rene tåbelighed, om jeg gav efter for en syg sentimentalitet og beholdt denne lille landstryger hos mig. Så lille han er, ser han ud til at være befængt med alle laster.

Det er, som havde jeg drømt det hele og ikke med

mine øjne set det. Og alt skyldes den tilfældighed, at jeg
i et anfald — ja, af hvad? — tog med subway'en under
floden i stedet for at tage en auto. Hvad havde jeg dèr at
skaffe på denne tid? — jeg, der hader disse underjordiske ormegange.

Anede jeg noget? Ventede jeg sensation? Ville jeg
nyde synet af de søvnige nattevandrere eller de hjemløse, der kører frem og tilbage på den samme fivecents,
til det bliver dag?

Man lever og man tænker anderledes her i New
York end i Europas storbyer. Man går ikke på akkord,
man er mere sig selv.

Jeg følte mig så inderlig træt og hjemløs, medens jeg
kørte. Jeg ville sove, inden vi nåede floden, for at undgå
den græsselige susen for ørene, af lufttrykket. Drengen
havde straks set mig. Jeg tror, jeg indgød ham en vis
skræk. Måske var mine klæder ham for fine. Han fór
mig forbi uden at råbe ukvemsord efter mig og uden at
skære ansigt. Jeg kunne ikke slippe ham med øjnene.
Først troede jeg, det var en af dværgene fra hippodromen, og jeg fik vand i munden af ubehag. Så så jeg, det
var et barn ...

Et febersygt barn, der handlede i vildelse. De andre troede, han var gal. Til vi forstod, hvad han fejlede. Han sprang op på damernes skød og spyttede dem
ind i ansigtet, han sparkede herrerne op ad benene. Da
konduktøren greb ham om håndleddene og formanede
ham til ro, bed han manden, så han måtte slippe. På
næste station blev han sat ud. Men da toget satte sig i
gang, kom han slingrende ned gennem vognen, og det
gentog sig ved hver station. Ingen kunne få bugt med

ham, ingen vidste, hvorfra han kom, hvor han hørte til. Pludselig begyndte han at synge, hvad det var, forstod jeg ikke, men af de tilstedeværende mænds udtryk og af hans egne fagter begreb jeg, det var uhøvisk. Og så . . .

Hvad følte jeg? Var det rædsel? Afsky? Medlidenhed? Jeg må dog se at komme til klarhed. — — — Jeg følte det, som om *jeg* havde født dette elendige væsen til verden. Som om *jeg* var ansvarlig for ham. En moders smerte følte jeg og en moders grænseløse ømhed.

Da det gik op for mig, at barnet ikke talte i febervildelse men i fuldskab, måtte jeg bide mine læber til blods for ikke at skrige. Da var det, drengen kom hen og lagde sig tværs over mit skød, blev liggende med hovedet gemt og sov.

— — —

Handler jeg nu klogt, og som besindelse kræver, sender jeg barnet der hen, hvor det hører til. Der hen, hvor jeg ikke véd. Det barn, der har vakt den helligste følelse i mit stakkels fortørrede hjerte. Det barn, der er skyld i, at jeg for første gang i mit liv græder af lykke.

Da jeg tilbød at tage Jeannes barn, havde jeg grundene rede, men grundene var ikke redelige. Da ville jeg *stjæle* mig til et livsens indhold. Da gik jeg ud fra, at det, som havde fyldt så mange kvinders liv, vel også måtte kunne fylde mit. Jeg ville tage Jeannes barn, som jeg for fem år siden tog hende selv — et eksperiment, en adspredelse.

Sådan var det jo ikke i nat. Denne lille dreng kunne have stukket mig en kniv i hjertet, og jeg havde kysset hans hænder og velsignet ham.

Jeg har engang læst om en hellig mand, der mødte et barn, der var træt, han tog det op på sine skuldre og bar det gennem en flod, men på vejen voksede barnet og blev tungere og tungere, medens han sank dybere og dybere i . . .

Det er altsammen ligegyldigt . . .

Jeg tog ham med. Her kan man gøre, hvad man vil, og jeg samlede ikke opløb.

En fremmed mand spurgte, om han skulle skaffe mig en vogn, og vi kom her hjem.

Jeg må jo lade ham efterlyse. Han selv siger ikke noget. Han vågnede, da jeg tændte lys, men han ville ikke engang sige, hvad han hed. Folkene i nat troede, han var et af de forældreløse eller forladte børn, der frister livet på egen hånd ved at sælge aviser og stjæle fra bananvognene, og som tilbringer nætterne nede ved floden og i tomme fragtvogne.

Jeg har ikke kunnet få støvlerne af ham. Skønt de vist har tilhørt en voksen, er de surret så fast om de små ben, at de kun kan skæres løs. Han må have båret dem nat og dag i måneder.

— — —

Hvad skal det blive til? Jeg tør ikke tænke, jeg tør ikke handle. Jeg tænker uden ophør det samme: — Hvis han bliver taget fra mig! Og jeg synes, jeg ser ind i fremtiden, et liv i forbrydelse, en død i fængsel. Jeg ville jo ofre mit eget liv for dette barn — men er det nok? Kan jeg afvende hans skæbne?

Min dejlige, dejlige dreng. Han sover. Jeg har aflåst begge døre, og jeg sidder med nøglerne i min lomme. Jeg ser ind til ham hvert kvarter, han smiler i søvne, som kun et uskyldigt barn kan smile. Men så knytter han de små hænder, og munden fortrækker sig så hæsligt, at jeg må vende mig bort. Hvad drømmer han?

Hjælp mig! Hjælp mig! Hvem beder jeg til? Jeg, der er uden tro og uden håb. Men jeg er ikke uden kærlighed. Ikke nu mere. Jeg elsker jo dette lille elendige barn.

Kunde jeg give ham hans uskyld tilbage . . . Har han aldrig som andre børn været uskyldig? Blev han stemplet af de to mennesker, der skænkede ham livet? Står det i min magt at gøre godt, hvad andre har forbrudt mod ham? Jeg — —

Hvorfor prøvede han at løbe bort i dag? Hvor ville han hen? Hvad længtes han efter? Havde jeg ikke indhentet ham, ved gud, jeg var ikke gået denne dag i møde.

— — —

Jeg sad med ham på mit skød, og han så på mig, som om han ville spørge: — Hvad er det så, du har for med mig? Hans barneblik blev så lurende hårdt. Jeg fortalte ham, jeg ville være hans mor og kun leve for at gøre ham lykkelig. Imedens listede hans små hænder rundt for at finde min lomme. Jeg lod som intet, og han smilte som en engel, borede hånden ned og fingrede ved min pung, til den gik op. Mit hjerte bankede, så jeg selv hørte det.

Er det så underligt, han stjæler? Han har vel sultet. Men nu behøver han det ikke mere. Jeg giver ham alt, hvad han ønsker. Jeg har købt en lille pung til ham og fyldt den med penge. Men hans ansigt bliver lige fortvivlende grisk, når han ser mig tage penge frem. Når vil det blive anderledes?

Og han spørger, om jeg har købt ham? Om jeg har fået penge for ham? Han husker jo ikke hin velsignede, tusindfold velsignede nat, da han tog mit hjerte i besiddelse og gjorde mig til et levende menneske.

— — —

I dag lod jeg være at spise til middag og forklarede ham, at jeg ikke havde flere penge, men han skulle spise, jeg kunne undvære. Han nikkede og spiste uden at se til mig.

— — —

Kelly hedder han. Kelly . . . Eller han siger, han hedder det. Han har været hos mig i seks dage, og først nu lukker han op for sit navn. Men det er da en begyndelse. Jeg er taknemmelig for lidt.

Jeg tør ikke vente længere. Gik det an, rejste jeg bort med ham, som en tyv, der flygter med sit bytte. Om jeg så troede, der et steds sad en mor og græd for ham. Nej, nej, jeg tog ikke et barn fra dets moder. Men jeg behøver ikke at frygte. Kellys hele væsen viser mig, at han i lange, lange tider har været alene.

Efterlysningen er kun en formssag, og så kan jeg adoptere ham, så er han min for loven.

— — —

Det gør mig ikke noget, at man ryster på hovedet ad mit vanvittige indfald. De andre véd jo ikke, at det netop er Kelly og i hele verden kun den dreng med det lille lastefulde ansigt og forbryderblikket, der er min rigdom og lykke. Men det piner mig, at man taler derom i hans nærværelse, og jeg kan ikke hindre deres hovedrysten. Kelly forstår, hvad de mener. Han synes at vide, han går med et kainsmærke på sin pande.

I morgen skal vi i "Children's Court". Jeg har skrevet til mr. Chitten, de siger, han er den bedste barnepsykolog i Amerika. Han har skrevet, jeg behøver ikke at nære frygt. Hvis min kærlighed kun er *stor nok*. Min kærlighed . . . Ja, den er stor nok.

Hvorfor skulle det netop ske nu i dag, jeg var ved så godt mod? Det er kun en lille ting. Måske har han slet ikke tænkt derover. Børn har jo en trang til at ødelægge. De er grusomme uden at vide deraf. Hvad bryder jeg mig om de dumme kaktus? Jeg ville have givet ham dem hver og en. Men det var hans blik. Det skumle blik, da jeg sagde: — Men Kelly, hvorfor har du skåret alle mine blomster itu?

— — —

Så gør jeg det under eget ansvar. Så gør jeg det, om hele verden råber: Lad være, det bliver din ødelæggelse! Så gør jeg det, om jeg kunne se ind i fremtiden og se min dreng som forbryder, som dødsdømt. Jeg vier ham mit liv, mit stakkels bortødslede liv. Men jeg er ikke mere en stakkel, jeg er rig. Jeg er mor.

Mr. Chitten mente det vist godt, da han sagde: Gør det ikke! Tag enhver anden, kun ikke ham! Og han fortalte, hvad han vidste.

Som om noget talt ord kunne omstøde den pagt, jeg havde sluttet med mit hjerte! — Udpræget forbrydernatur . . .

Jeg vil opdrage mig selv til at være mor.

Kære Magna Wellmann!

Af jord er du kommet, til jord skal du blive, og af jord skal du igen opstå! Disse ord fra Bibelen randt mig i sinde, da jeg havde læst Deres brev. Det er jo det evige kredsløb — i dette tilfælde slægtens kredsløb. Deres bedstefader svigtede sine fædres bedrift og blev bymenneske. Deres fader degenererede — og nu vender De tilbage til jorden. Magna, Magna, jeg beundrer Dem!

Naturligvis går jeg med. På den måde bliver mine penge jo som levende, åndende væsener, der gør deres arbejde og får deres løn. Lad være at tale om kaution, her er jo ingen risiko. Jeg taler ikke hen i vejret, gennem brevet fra Deres sagfører ser jeg, det er et "sundt foretagende", som det hedder i handelssproget. Desuden er det jo hverken det hele eller det halve af pengene, jeg vover.

At De vil tage fat, behøver De ikke at sige. Men læs dog, inden De begynder, en lille bog af Flaubert — jeg gætter, De kender den ikke — den hedder "Bouvard og Pécuchet". Den er god at få forstand af for en vordende landbruger. Og så, at Jarl netop har lyst at gå i marken! Det kan man kalde et held. Men De vil da ikke for alvor lade ham gøre karls arbejde til at begynde med? Den sytten-atten års dreng! Så lidt som jeg håber, hans mor lige med det samme giver sig til at luge roer og malke køer. Jeg ville nødig sætte mine ben i en kostald — og jeg har da aldrig gjort det, men jeg ville grumme gerne have kilometerlange breve om alle Deres første dumheder.

Tag Dem kun ikke alt for nær, at Agnete viser Dem kulde. Stakkels barn, hun har et vanskeligt sind. ("Det hun i arv efter moderen fik! . . .") men ønsker hun så meget at komme bort, lad hende da komme ud et års tid, længselen vil mildne hendes dømmesyge.

Deres skildring af skandalen var kostelig. Især vennernes: "De kunne dog vise så megen takt at sige, det var et plejebarn! "

At ydmygelsen ikke er gået sporløst hen over Dem, læser jeg nok mellem linjerne. Men Magna, noget for noget. De har jo råd til at betale Deres lykke. Jeg kommer til at huske på en lille anekdote, der i sin tid gik rundt i kredsen om Dem. Om måden, hvorpå De vandt professor Wellmanns hjerte og titel. De havde været i selskab og vist kedet Dem, i hvert fald ikke talt med nogen. Der blev drukket et eller andet af store glas. Pludselig bed De i en slags overmål af kraft tænderne om glasset og bed et stykke ud. Professor Wellmann så ganske måbende på Dem. Og på vejen bort sagde han til en ikke diskret ven: — Hende med glasset vil jeg have til kone!

Sand eller ikke, historien er betegnende for Dem.

Jeg ser Dem med fedtlærsstøvler og vams trampe rundt på markerne og styre både plov og kvægdrift.

Om mig er der virkelig ikke meget at sige. Siden jeg

har knyttet min skæbne til Kellys, lever jeg i en anden verden. For hver dag, der går, kommer jeg mig selv nærmere, men derom kan jeg ikke skrive. Det er mig så helligt. Sorgen, som jeg ikke før kendte, har taget fast bo hos mig, men glæden, som også var mig fremmed, står på vagt med draget sværd. Magna, jeg spørger mig selv, kan den kvinde, der selv har født sit barn til verden, føle større fryd og større kval end jeg, der har fået min dreng som gave af tilfældet?

Tusinde gode hilsner

Deres *Elsie Lindtner.*

Den hvide villa.

Kære Jeanne!

Som Du ser af overskriften, er vi nu hjemme igen..

Vi og *hjemme igen!*

Mit hjem er jo dèr, hvor Kelly er, og Danmark var aldrig hans hjem. Men det er for hans skyld, jeg brød op, jeg tror ikke, den altfor store by var god for ham. Øen her er da lille nok.

Du kan ikke forestille dig, hvor her så ud! Men nu havde jeg jo sat mig for selv sammen med Kelly at være den første, der betrådte huset, siden du og jeg forlod det for — hvor mange år siden? Tapeterne hang i laser. Ruder var slået ud, af blæst eller vagabonder. Visne blade og døde fluer lå over gulvene, mine smukke møbler var skjoldede af fugt — et par af stolene var helt faldet sammen — betrækket gennemgnavet af møl. Mit sovekammer — mit tåbelige glaskammer — var det ynkeligste af det hele. Lynet må være slået ned, andet forstår jeg ikke, og gennem det knuste glas har så regn og sne frit sivet ned over min seng.

Men Kelly lo og styrtede fra sted til sted, og det endte da med, at jeg også lo. Så fik Kelly den vilde idé, at vi ikke skulle tage hen på kroen straks, men sove her den første nat — jeg tror nok, han forestillede sig noget á la indbrud i et øde hus. Og jeg føjede ham. Aldrig har du set noget så flinkt og fingernemt som den dreng, når han vil. Han sprang. Han postede vand, han fejede gulve, han fyrede op, himlen vide med hvad. Og te var der og årgammelt sukker og — en kasse mariekiks. Han anbragte mig i den store dagligstue, hvor flyglet, mit arme elendige dejlige flygel, hvor det havde stået for vind og vejr i alle de år og nu ikke havde toner i livet for hæshed og forstemmelse — og så bragte han mig teen. Jeg vil ikke sige, den smagte hverken rent eller godt, og kiksene var mugne — men af Kellys hænder var den tilberedt.

Og om natten sov vi i den samme seng — i *din*, Jeanne, i din! Den eneste, hvor sengeklæderne var godt tørre. Jeg ville have ligget på en sofa med et tæppe om, men Kelly ville "putte sig" hos mig. Jeanne, det er virkelig mig, det er din egen gamle rejsekammerat, der nu er "hjemme igen", og som en hel nat lå vågen for at tænke på sin lykke. Kelly sov i min arm — og min arm sov da også, men ellers ikke noget på mig — og Kelly vågnede i min arm.

Så gik vi til kroen, og dèr boede vi det meste af to uger, til her blev menneskeligt. Jeg har ingen Jeanne, jeg sætter selv mit hår og pynter mig selv for min dreng. Desværre volder det mig stort besvær at få ham til at pynte sig.

Nu er jeg i færd med at søge en huslærer til Kelly. Han kan jo ikke blive ved at gå om og nøjes med at kunne læse amerikanske sensationsblade — som ikke udkommer i Danmark — og forresten være uvidende om alt, fra at skrive sit navn til hovedstaden i Frankrig.

Tilgiv, Jeanne, men jeg har vist kun én tanke i mit hoved — Kelly. I hvert fald fylder han mit liv, så jeg kun i ny og næ overkommer andet.

Han har fået en passion for at samle skovsnegle, som han tager ind og lader krybe i de hvide vindueskarme. Det er noget griseri, ja, det véd jeg, men han får lov til alt. Kun er det mig ikke muligt, så gerne jeg ville, at hjælpe ham at samle dem. Det er for ækelt.

Gør du nu gengæld og fortæl kun om dig og dit. Det var jo en lykke, Malthe sejrede i konkurrencen. Og i selve Paris! Men så må I da blive på stedet i de to år, eller er I stadig de uforbederlige nomader, der hellere rejser rundt med jeres sneglehus — jeres kuffert og jeres barnevogn — end sidder stille i et lunt fint hjem? Slid dig ikke op, Jeanne. Husk, livet er langt, og du har ikke lov at blive gammel og grim.

Jeg synes nu, du gør, hvad du kan, for at ødelægge din udmærkede mand? Du køber ind, og du pakker kuffert, og du sørger for billetter, og du går med din mand på museer, og du udfører tegninger for ham, og passer børn . . . Jeanne, Jeanne, pas dit hår og plej dine hænder.

Og glem ikke din lykkeligt hjemvendte

Elsie Lindtner.

Kære gode Magna!

At De skulle få den indskydelse — og at De har mod til at udføre den! Men tør jeg lade Dem bringe det offer? Og kan jeg give afkald på Kelly? De sidste nætter har været lange og søvnløse, først når lyset begynder at komme, får jeg orden i mine fortumlede tanker og synes at have fundet en løsning, der er den rette. Så sover jeg ind, og når jeg igen vågner, er alt som før, véd jeg hverken ud eller ind.

Magna, det er ikke af egenkærlighed, jeg frygter at slippe Kelly — den dag synes mig ikke længere fjern, da jeg kan tvinges til at leve uden for mure, der slutter ham inde. Og jeg ønsker ikke derfor at dø. Som alle mine tanker nu gælder ham, som jeg nu lever for og i og med ham, vil jeg leve, så længe det må være mig forundt. Uden klage. Jeg har set det alt i øjnene, og jeg har gyst tilbage for umulighedernes isnende rædsel, men jeg har også taget mit parti. Så længe jeg er over jorden, har Kelly et menneske, der er ham i moders sted. Jeg er ikke bange for selv at bringe ethvert offer, kun ængstes jeg ved tanken om at give ansvaret fra mig. Fra den dag Kelly kom ind i mit liv, er jeg gået i borgen for hans færd. Ville det ikke være fejhed og forræderi, om jeg nu sagde: — Åget er blevet mig for tungt, nu lægger jeg det over på andre skuldre!

Og dog, Magna, Deres plan synes mig nu den eneste redningsmulighed.

Men inden jeg siger Dem min inderligste tak og overgiver min dreng i Deres varetægt, må De vide noget, som jeg hidtil har fortiet over for alle. Kelly har før været i andres varetægt. Nødtvunget. Han forsøgte — men husk, han var da kun ti år — at brænde sig inde. Ingen anede, det var ham, ellers var politiet jo ikke blandet ind deri, men nu kom det frem, og man tog ham fra mig. Jeg kunne have myrdet de mennesker. Det er så svært, selv nu år efter, at tale derom. Jeg pønsede kun på at finde et middel til at få ham tilbage.

I Amerika gøres der alt for at redde de børn, der er kommet ind på forbryderbanen, og det sker med en mildhed og en kærlighed, der er vidunderlig, men det vidste jeg ikke. Jeg tænkte kun på, hvad jeg i ny og næ havde læst i bladene hjemme om opdragelsesanstalter for børn — om prygl og sult og indespærring i mørke kælderrum. Jeg var beredt på alt for at skaffe Kelly ud. Indtil jeg første gang fik lov at besøge ham. Der var ingen mur om anstalten, end ikke et stakit. Jorderne gik ud til landevejen, og derfra så man de mange røde bygninger som en hel villaby. Da jeg gik op mod inspektørboligen, var jeg nær blever rendt ned af en flok drenge, som løb kapløb med en lille neger i spidsen. Lige som jeg kom ind, hører jeg en skrigen, der fik hjertet til at stå stille — jeg tænkte mig, en af drengene fik en afstraffelse. Men inspektøren viste mig fra vinduet, hvad larmen betød. Drengene legede ildebrand, og for tiden gik de løs på selve inspektørboligen med rigtige brandslanger. Min lille Kelly — i olietøj og med hjelm — agerede sprøjtefører. Og jeg erfor, at af de sekshundrede drenge, som anstalten nu husede — drenge, som alle var bragt hid for grove forseelser, der, hvis de ikke var mindreårige, havde skaffet dem langvarige tugthusstraffe — af disse havde her ikke en eneste gjort sig skyldig i nogen slet handling. Straffe som sult, prygl og mørk arrest eksisterede slet ikke her. Drengene boede i små villaer, tolv og tolv under opsyn af et par "plejeforældre". "Straffen" bestod i, at den dreng, der havde forset sig, ikke fik kage til sin fem-te, at han ikke fik lov at spise ved det blomstersmykkede bord sammen med de andre, men sad alene ved et lille bord, og endelig at han ikke fik lov i mørkningsstunden at ligge foran kaminen med de andre og høre på eventyr.

Ingen mor kan have yndigere breve fra sit barn, end jeg i det år havde fra min Kelly. Havde jeg dengang været så klog som nu, havde jeg jo ladet ham blive dèr, så længe inspektøren blot ville beholde ham. Alle de små "fanger" lærte på omgang forskellige håndværk — som de selv valgte. Jeg så dem bage, stryge, vaske, smede, lave møbler, skrædderere, binde bøger ind, lave legetøj, jeg så dem pode træer, føre en plov. Jeg så dem — Magna — malke køer. Men jeg var en tåbelig mor. Min dreng skulle ikke læres op til at blive håndværker, jeg mente, det var mit hverv at få hans store evner udviklet på anden måde.

Og året efter fik jeg ham tilbage. Men inspektøren forberedte mig på tilbagefaldet

Derfor kom jeg til Danmark igen. Derfor levede jeg

i to år, sommer og vinter, ovre i min hvide villa med Kelly og en huslærer. Jeg vovede jo ikke at lade ham komme til byen — og barnet trængte dog sådan til kammerater. Endelig tog vi ind med det resultat, at han i løbet af to år er vist ud af tre skoler.

Har De endnu mod at give Kelly Deres uskyldige hjertebarn som legekammerat? Og hvis De har det mod, hvormed skulle da jeg forsvare mig, om De en dag kom og sagde: Kelly har ødelagt min dreng?

Jeg lægger Dem ordene i munden, Magna. Sig nej, endnu medens det er tid. De er stærk, stærkere end nogen kvinde, jeg kender, siden De har fundet Dem selv gennem det store anstrengende arbejde, men der gives en overmagt, som ingen kan besejre.

Bag ved min frygt for Deres ja ligger det hedt brændende ønske. Og gør De det, hvordan skal jeg da finde ord til at takke Dem!

Naturligvis véd jeg til fulde, hvad det betyder, hvis Kelly fra nu af tager fast ophold hos Dem og straks efter konfirmationen opgiver al skolegerning. For mig drejer det sig ikke om, *hvad* Kelly bliver, men *hvordan* han bliver. Jeg lægger mine hænder ned, jeg indser min afmagt. Gør Kelly til et sandt menneske, gør Kelly til et godt menneske.

— — —

De forstår, Magna, at alt dette kunne jeg ikke sige, hvis vi stod ansigt til ansigt med hinanden. Derfor skriver jeg. Kelly har flere gange været ved døren for at spørge, hvad jeg tog mig til, og hver gang var jeg fristet til at slippe pennen for at være hos ham. Han spurgte mig forleden: — Mor, tror du, at menneskenes skæbne er forudbestemt? Hvad mente han dermed? Jeg vovede ikke at spørge. Så lagde han sig på knæ med hovedet i mit skød og græd.

Magna, lad mig ikke ret længe være i uvished. Lov det.

Deres *Elsie Lindtner.*

Jeg er selv begyndt at stoppe Kellys strømper. At det aldrig er gået op for mig før!

Han var ved at kalke gavlen sammen med Magna, og da så jeg, hælen var helt ude af hans ene strømpe. Jeg blev ganske hed i hovedet af skam. Drengen tænker naturligvis ikke på sådanne småting, og Magna har jo nok at tage vare, det kære menneske. For resten tror jeg heller ikke, at Magna selv er bange for at gå med huller i strømperne, og det er jo noget andet på landet. Men alligevel . . .

De lo ad mig, da jeg bad om lov at passe hans tøj, og jeg vidste ikke, hvordan jeg skulle forklare det. Men Magna er jo klog, og da jeg var kommet godt op i vognen, bragte hun mig en hel bylt ud. Hun kender det fra sine egne — jeg er vis på, hun lader ikke andre stoppe Olafs strømper.

Let er det nu langtfra. Jeg har helt glemt, hvordan det var, da jeg lærte det i skolen, og siden har jeg ikke tænkt på at stoppe strømper, men jeg gør mig min bedste flid. Og det er en vidunderlig følelse at sidde ude på altanen med en hel bunke af de store, store strømper. Kelly har da en kæmpefod.

Min rare lille altan! Den er for mig, hvad et luftskib er for unge utålmodige mennesker. Jeg sidder dèr så ganske stille i min gode bløde stol mellem nasturtier og ærteblomster, og nede under mig flyder Strandvejen forbi med sine mennesker og Dyr.

Det morer mig, som Richardts ældste er blevet flink til at styre automobilen, bare det må gå godt i længden. Richardt selv bliver gammel, men hans lille unge kone sidder og strunker i vognen, hun holder sig godt. Nå, hun er jo også mere end en snes år yngre end jeg. Siden Richardt en dag tilfældigt fik øje på mig, ser han altid herop og hilser, og så hilser de allesammen. Jeg kan høre den lange dreng sige: Papa, nu kommer vi forbi din gamle kone! Og så ler de.

Ja, ja, jeg kunne nu lide engang at se hjemmet på Gammeltorv. Sagtens er det ikke til at kende. Eller måske dog Richardt af gammel vane stadig har holdt på husordenen . . .

Den ældste skal naturligvis overtage fabrikken, men den anden, han ser mig så tænksom ud . . . Så meget kan jeg da vide, at ingen af Richardts børn kommer til at gå i marken med træskostøvler og bomuldsskjorte. Men så har deres mor nok heller ikke den glæde at stoppe strømper med huller så store som en knyttet hånd.

Kære Agnete!

Det var rigtig godt, du denne gang kom til mig og ikke til din mor. Hende må du ikke plage med dine ulykkelige affærer, hører du! Hver gang hun får brev fra dig, lukker hun sig inde og græder. Jeg læste forleden en hel række af dine breve, og jeg må sige, de tiltalte mig ikke. I sin tid optrådte du som dommer over din mors liv, og nu vil du give hende skylden, fordi det blev forfejlet. Dertil har du ingen ret.

Din ægteskabelige misère skyldes hverken din mor eller din mand, men en kæde af omstændigheder. Vid først, hvad du synes at have glemt, det var ikke din mor, der føjede dit ønske og lod dig komme i fransk klosterskole, det var mig. For at skaffe hende fred. At du giftede dig med en katolik, medens du selv var protestant, bliver dog din egen sag — da du ingen spurgte om forlov. Ulykkeligvis arvede du efter din mor et hysterisk temperament og efter din far en vis goldhed, der hindrede dig i at nyde tilværelsen.

Jeg nødes til at bære mig ad som lægen, der foretager en nødvendig operation, trods patientens modvilje mod ar.

Den eneste gang, din mand var på besøg her, var nok til at give mig et sikkert indtryk af ham. Du har ret i at kalde ham "farlig for kvinder gennem den dyriske magnetisme, der udstrømmer fra hans person og drager både voksne og børn til ham". Føj dertil: "og gennem hans naturlige elskværdighed og velvilje". Hans forfængelighed er åbenlys, men, når du gør dig til af, at du er den eneste, der holder ham stangen ved at modstå ham, er du inde på en gal og farlig vej. Den mand, der vil tilbedes, lader sig ikke kue af overlegenhed. Især ikke, når denne er kunstig. Og du øvede kun denne "modstand" for at ægge ham og for at skjule din forelskelse.

Hans stilling er udsat, mange øjne er henvendt på ham, han kan ikke, som de fleste mænd, vige af fra den lige vej, hvert skridt ville blive bemærket og bringe ham i fortræd. Altså hans stilling pålægger ham forsigtighed. Dog sporer du som elskende kvinde, at han "giver alle kvinder af det, der ene tilkommer dig". Du spænder ham på en pinebænk af mistro. Du optrævler hans nerver, du dissekerer hans hemmeligste tanker. Du hader ham, fordi han ikke er dig utro, idet du aner hans tankers hyppige bedrag. Du krænker ham ideligt med at fortælle ham, at jeres samliv er dyrisk og råt, og at han ikke forstår din kærligheds sjælelige art. Han svarer med at kalde dig hysterisk.

Så kommer den unge pige i huset hos jer, hun forelsker sig i din mand og han i hende. Du kalder det, at hun "lagde an" på ham. I stedet for resolut at fjerne hende lurer du kun på lejlighed til at skaffe beviser på det brødefulde forhold, du aner. Jeg dømmer dig ikke, fordi du, ubekymret om måden, sætter dig i besiddelse af din mands breve. Skinsyge kvinder er uansvarlige som patienter med feber på 41. Du triumferer og bereder dig selv en djævelsk tortur ved at frådse i de stjålne kærlighedsbreve. I dem finder du det "sjælelige" moment, du selv savnede i din mands elskov.

Hvad har du nu at gøre? Enten må du gå, fordi du ikke kan blive hos en mand, der elsker en anden. Eller du må blive — og lade ham have sine følelser i fred. Ingen af delene. Du stikker en kniv i hans hjerte og drejer rundt i såret. Når han stønner, spørger du: Elsker du hende endnu?

Du tror, man kan flænge en kærlighed ud af livet på et menneske med samme lethed, som man rykker en tand ud. Med rod og det hele.

Smerten bringer din mand fra sans og samling, han belyver sin følelse, han råber: Jeg elsker kun dig! — Giver du ham så fred? På ingen måde. Nu skal han fortælle, forråde, besudle. Du véd, han som katolik ikke kan opnå ny ægteskabstilladelse, og du spørger, om han vil gifte sig med hende, da du i så fald gerne træder tilbage! Du mener ikke et ord med dette tilbud, du vil kun ydmyge og pine ham. Så laver du opgør med den unge pige, forvrænger hans ord over for hende, misbruger din viden, taler om smuds, løgn og gemenhed. Men hun svarer blot: Jeg elsker ham. Jeg kan ikke andet! — Det finder du oprørende.

Ikke et sekund er det faldet dig ind at slippe din mand, han tilhører dig, han er i din magt, i din vold. I begynder forfra. Du har ikke en rolig time for at udspejde hans færd. Du lader ham endog undgælde for, at han er katolik! Hans bedrag bliver dobbelt, fordi han er katolik — som om løgn kom trosbekendelsen ved.

I fører et skønt liv!

Så bliver din mand syg. Han har længe klaget over en knude i brystet og siger: Hvis den vokser, må den fjernes, thi da er det kræft! Du ænser ikke denne bagatel, eller højst hoverer det i dig: Dette er en himlens straf!

En morgen skal han bort i embeds medfør. Han tager afsked med dig, gang på gang vender han sig og kysser dig bevæget. Du aner uråd og bebrejder ham, at nu har han sikkert igen noget for bag din ryg. Han smiler vemodigt: Om så er, får du det tidsnok at vide!

Ved middagstid får du "et syn" — hvis det er sandt, hvad du skriver —: du ser ham på operationsbordet. Du telefonerer til hospitalet, det er sandt. Operationen er overstået. Du iler derhen — og træffer den unge pige.

Over for dig har han fortiet øjeblikkets alvor, hende har han kaldt til.

Dette er dråben, som bringer bægeret til at flyde over. Du får din syge mand hjem og du piner ham, så han siger, døden var en nådig befrielse.

Og nu spørger du, hvad du skal gøre?

Jeg kunne lettere svare dig, hvad du ikke skulle have gjort. Men det er for sent.

Alligevel vil jeg efter fattig evne give dig mine råd, erfaringer samlet op ved at se mange menneskers stakkels tåbelige trang til at træde lykken under fod og samtidig begræde tabet af den.

Først, Agnete, må du se indad og fjerne den løgn, der som en polyp omspænder og kvæler det bedste i dig. Løgnen om, hvad du savnede i din mands følelse. Din snak om længsel efter "sjælelig harmoni" er løgn.

Ligeledes den påstand, at du elsker med sjælen og ikke med sanserne.

Du er en af de mange kvinder, som — af årsager, jeg ikke kender — ikke befries i forholdet til en mand. Hvad der for ham var nydelse, blev for dig kun pinefuld oprivelse. En legemlig mangel hos dig blev i dine øjne en last hos ham. I stedet for åbent og ærligt at forklare ham sammenhængen og grunden til din ulykkefølelse prøvede du at tilfredsstille dig ved scener.

Ser du, lille ven, en klog kvinde laver aldrig scener, det er uøkonomisk. Hun véd, at den scene, der forløber i en time, koster hendes ydre fjorten dage.

Dit spørgsmål: — Hvad skal jeg nu gøre? betød egentlig: Hvormed kan jeg yderligere straffe ham?

Hellere burde du spørge: — Hvad skal jeg gøre for at blive sund på sjælen? Og dèr vil jeg svare dig, Agnete: — Ved at se dine egne fejl og glemme hans.

Du skal ikke hykle selvfornedrelse, medens det inde i dig råber: Se, hvilket offer jeg bringer! Du skal indse *din* uret og ikke slippe den af syne. Holde den i dine to hænder som en kostbar skål og ikke slippe den af syne.

Du skal huske, det er dig ingen ære, at du ikke har bedraget ham — du, som ikke havde trang dertil, du, som ikke kender den voldsomme drift, der kan rase i mennesker som uvejr selv i de tætteste skove.

Fremfor alt, forstå, at dengang din mand kaldte hende, han elskede, til sig, fordi han troede at skulle dø, da handlede han ud fra det største og oprindeligste instinkt, ud fra *kærlighedens.*

Bekend over for ham *din* uret. Vis ham din kærlighed. Giv ham din godhed. Ikke en time eller en dag, men hver time og hver dag. Det er den eneste vej til hans hjerte og til din fred. Og da vil det øjeblik komme, hvor den gensidige tilgivelse har fuldbyrdet sit under. Prøv at forstå, hvad jeg mener.

Du må gerne vise din mand dette brev.

Vær hilset af din moders veninde

Elsie Lindtner.

***

Det er nu et stort træk i Magnas karakter, at hun, der levede som . . . lige meget! at hun ikke til noget menneske nogen sinde har røbet, hvem der er far til hendes barn. Fin og god må den mand have været, og lykkelig må jeg være, at min Kelly har fået den lille beskytter. Olaf vil ikke have, at Kelly drikker snaps, og så drikker Kelly *ikke* snaps. Kelly skal lade overskægget stå, og så lader han det stå.

”— Så længe jeg har Olaf til at passe på mig, behøver mor ikke at være bange.” De ord ligger ved mit hjerte.

Alligevel kan der komme en angst over mig. Verden er så stor og forholdene her så små. Jeg mærker på Olaf, at Kelly fortæller ham om Amerika, når de er ene to. Hvem véd, om ikke den dag kommer, hvor de siger mig og Magna farvel for at drage ud efter eventyret. Olaf fablede forleden om at rejse til Kanada og leve i de store skove langt borte fra mennesker. Han havde planen i orden, drengen. De ville bo i træerne og leve af jagt og fiskeri. Siddende oppe i træerne ville de kaste snøren ud og fange fisk i den store flod, der løber gennem skoven, kun to gange om året ville de ind til byen og sælge skind af dyrene, de fangede.

Olaf er ikke for stor til den slags drømme, men Kelly
. . .

Jeg vil så nødig herfra, inden Kelly har slået rod i
jorden her, så han ikke kan rive sig løs. Han lover mig
altid at blive, men hvad er et løfte?

Kære Magna!

Nej, det må jeg da straks fortælle dig. Jeg har haft besøg af Richardt. Da Lucie bragte mig hans kort, blev jeg ganske forvirret, men så snart han stod i min stue, var det gudskelov ovre. Vi stod jo og så lidt på hinanden og vidste ikke ret, hvordan vi skulle få en samtale i gang, indtil Richardt fandt på at sige noget om Kelly. Han vidste naturligvis det hele.

Det gjorde ordentlig godt at se det kære menneske på nært hold. Han ville kun blive et par minutter, og han blev i hele to timer. Det var virkelig hans lille kone, som havde sendt ham til mig. Hun syntes, det var så underligt, at hun ikke kendte den, der havde spillet rollen som Richardts hustru i de mange år.

Vi talte mest om vore børn, og vi var lige stolte.

Nu har Richardt lovet at besøge mig med hele sin familie næste søndag, da må vore drenge også komme. Hen i ugen gør jeg da genbesøg hos Richardt.

Véd du, Magna, jeg har tænkt at gøre det rigtig festligt, man skal ikke have fornemmelsen af, at jeg er en fraskilt kone, vel? Du vil nok låne mig et og andet, mit det meste er jo ovre på villaen, og så tager jeg maden fra Palægade, dèr véd man da, den er god. Eller synes du fra et af hotellerne? Jeg er sådan ude af vane med selskaber, at jeg bliver ganske febrilsk ved tanken. Kom endelig, Magna, og sørg for, Kelly er rigtig net i tøjet. Også at han gør lidt ved hænderne.

Jeg sad såmænd, da Richardt var gået, og tænkte tilbage på, hvor godt og smukt han og jeg i grunden levede med hinanden. Den eneste mangel var jo den, at vi ingen børn havde, derfor bragte jeg ofret at gå, og for det offer er jeg blevet kongelig belønnet gennem min Kelly.

Richardts hustru spiller også bridge, og vi har allerede aftalt parti til vinter. Rygtet om din mageløse dygtighed er da nået til Gammeltorv, for Richardt talte om dig med den allerstørste respekt og beundring. Da han gik, havde vi såmænd begge tårer i øjnene.

Hvis jeg, uden at krænke dig, må sige noget: Tag din lilla silkekjole på, Magna, jeg tror nok, jeg i al hast lader mig sy en ny. Det bliver da en mærkedag.

Omfavn min dreng. Og husk det med hænderne.

Elsie.

Kære Je anne!

Det er en skam, jeg har været så forsømmelig med breve i den sidste tid, men jeg har haft så meget at gøre. Jeg er nemlig flyttet. Det skete i en håndevending, lejligheden blev ledig ved dødsfald, og min blev overtaget af et par nygifte. Nu bor jeg på Strandvejen, og så langt ude, at man næsten ikke kan regne mig med til København mere. Kan du gætte, hvorfor jeg flyttede? For at være gården nærmere! Så barnagtig bliver man med alderen. Magna råder mig jo stærkt til at flytte helt ud, men det vil jeg dog nu ikke. Jeg er og bliver bymenneske, om jeg end i disse år, hvor Kelly uddanner sig som landmand, anskaffer mig den utroligste interesse for køer og får og vintersæd og hvad alt det hedder. Min tilværelse er så rig og så lys — jeg har næsten for mange glæder. Og slet ingen sorger mere.

Magna styrer jo "vores" gård, som hun altid kalder den for at glæde mig, så rent beundringsværdig ypperligt, og som hun forstår at sætte andre i trit! Min Kelly og hendes lille Olaf er nu som altid uadskillelige, og jeg tror virkelig den lille blåøjede kammerat øver en ganske velsignet god indflydelse på Kelly. Magna fortalte mig en dag, hun havde hørt Olaf sige — drengene lå i en høstak og vidste ikke, at Magna lå på den anden side for at sove til middag—: "Jeg har jo ingen far, for min far døde ti år, før jeg blev født, men hvis du vil være min far, bryder jeg mig ikke om andre."

Magna besøger mig så ofte, hun har ærinde ind. Jeg kan, når vinduet er åbent, skelne hendes piskesmæld mellem alle andre. Og vil du tro, Jeanne, så får jeg hjertebanken. For enten er drengene med, eller Magna fortæller mig om dem. Du skulle se hende sidde så strunk og rødkindet derude i jagtvognen med kyse om hovedet og i en gammel afgnavet søløveskindspels — der engang, for tyve år siden eller mere, en hel vinter var samtaleemne, den havde kostet hendes stakkels fattige mand, jeg véd ikke hvor mange tusind.

Magna er snart tresindstyve år, men det skal ingen se på hende. Hun stråler, som om hun ejede alverden. Jeg ser da mindst ti år ældre ud, skønt jeg ved gud både gør ved mit hår og pynter mig lidt på kinderne af gammel vane. Men det er et besvær at få hende væk fra den vogn, som om ikke kusken alene kunne aflevere smørret og æggene.

Tænk, hun står op om sommeren klokken fem og om vinteren klokken seks. Og arbejder stadig for to. Der er ikke den gerning, hun holder sig for god til. For nylig — nu til pinse — hvidtede hun og Kelly alle fire længer, og det gik i en fart, så man ikke skulle tro sine egne øjne. Jeg sad ude i gården og så på det og var helt ør af fornøjelse. Så fik vi ribbenssteg og æbleskiver til middag. Og som Kelly kan spise! Du gør dig ingen anelse derom. Det ser ikke net ud, men det er så dejligt alligevel. Og når de har slagtet, bringer Kelly mig "slagtemad", blodpølse og leverpølse og den slags, som jeg før ikke har kunnet udstå. Nu smager det mig såmænd bedre end den bedste astrakan-kaviar.

Hvor jeg snakker om mig og mit! Men derfor glemmer jeg ikke min kære lille rejsekammerat, og hendes bekymringer er også mine. Men jeg vil ikke tage dem så alvorligt som du, *de fortjener det ikke*. Du er for tiden inde i en periode, hvor du ser — og må se — alt sort i sort. Det ville smerte mig usigeligt, hvis jeg ikke for længst havde indset grunden. Du er nu omtrent i den alder, jeg var, da vi traf hinanden, den for kvinder så svære og farlige alder, og det er ikke enhver givet at have *mit* ubegribelige held til at gå uberørt ud af alle vanskelighederne. Jeg har ofte tænkt på, hvad mon grunden kunne være til, at jeg alene, i modsætning til alle andre, var ganske som ellers i hine år. Og jeg er kommet til det resultat, at det må skyldes den omstændighed, at jeg dengang levede så overfladisk og uden nogen dybere følelse for andre mennesker. Men du, lille Jeanne, er jo, siden du så lykkeligt knyttede din tilværelse til Malthe, du er jo lutter kærlighed og tilbedelse og opofrelse. Dig kunne jeg forudsige, at årene måtte blive svære. Men prøv nu selv at gøre dem lettere. Undersøg forholdene, spørg og forklar dig selv. Du har den lykke, der ikke times en af ti tusind kvinder, at din mand den dag i dag elsker dig, som da du blev hans. Opvejer det ikke alt? Og dine små kosmopolitiske gudsforgående englebørn, er de nu så svære at opdrage, som du selv tror? De er sandsynligvis kunstnernaturer, og du vil forsøge at gøre dem til ”normale” mennesker. Men det lykkes jo ikke.

Så er Malthes mismod af større vigtighed. Det har da en grund. Han er — med rette eller urette — i den sidste tid blevet sat til side for yngre kræfter. Hans navn har ikke den klang, det havde, og hans evner synes at være i tilbagegang.

Men lille Jeanne, du har stor skyld dèr. Du har, i din så blinde kærlighed, stillet din mand, ikke op på en piedestal, men du har bygget dig et luftslot oppe i de højeste skyer, og dèr har du anbragt ham som den gyldne kugle på et spir. Ingen højere og ingen ved siden. Du har kultiveret hans ærgerrighed og kvalt din egen naturlige kritiske sans. I stedet for at stå ved hans side og hjælpe ham at skelne mellem godt og halvgodt.

Og nu klager du over, at du ikke kan trøste ham, og at han støder dig bort. Du skammer dig for at sige det, men du skriver det mellem linjerne, at du er meget, meget ulykkelig. Det er du, fordi du er syg, lille Jeanne. Og dit mismod vil jo nok vare år endnu. Men jeg kunne tænke mig en måde at drive din sorg på flugt: Hvis du resolut jog hele din ællingeflok nordpå, så jeg i sommer tog den med over på villaen — og lærte både dine små franzoser, sicilianere og smyrnapiger et tåleligt dansk — medens du og din Malthe lukkede huset, magasinerede møblerne og rejste jordkuglen rundt. Kom ikke og snak om pengene. Sig til Jørgen fra mig, at han roligt kan bruge den tåbelige sum, han i sin tid satte hen til udstyr til sine Døtre. Han kan slet ikke være bekendt at mene om sit eget kød og blod, at ikke enhver mand med fryd overtager pigebørnene, om de så kom i den bare særk eller indsvøbt i en kulsæk. Desuden har jeg jo mit testamente i orden, og, lille Jeanne, det var *dengang,* jeg spillede grassat i Monte Carlo, det gør jeg ikke én gang til.

Hvilken sommer i den hvide villa med dine børn! Og så låner vi Magnas Olaf og min Kelly i otte dage. Hvad siger min gamle rejsekammerat så til det? Vær kærligt hilset, såvel du som din mand og hele flokken fra jeres bestandig ømt hengivne

Elsie Lindtner.

Stakkels Jeanne — og stakkels Jørgen. Det står altså værre til, end jeg troede. Jeg har den allerstørste lyst til at rejse ned og mægle, men i disse dage er det jo rent galt både med hjertet og neuralgien. Jeg skulle heller ikke sidde på den altan i de kolde aftener, men uforsigtig er man jo. Det må ikke ske. Det ville være både meningsløst og uforsvarligt. Mennesker går dog virkelig ikke hen og render fra hinanden uden grund. Ja, hvis Malthe havde en elskerinde, eller hvis Jeanne var forelsket i en anden mand, men du godeste gud, den ene kan jo ikke leve uden den anden. Og de snakker om, de har "gennemtænkt og overvejet". Jeg ryster helt på hånden, så oprørt er jeg. Jeanne må virkelig tage sig sammen og forstå, det hele kun er en overgang. Når jeg tænker mig om, så findes der bogstavelig talt blandt de mennesker, jeg kender — med undtagelse mærkelig nok af mig selv — ikke en eneste kvinde, der klarede de år igennem uden at lide havari på et eller andet punkt. Bagefter har de så et evigt besvær med at lappe sammen sårene, de slog. Nå, Jeanne har jo været mere end ufornuftig i det forhold. Den mand er ikke skabt, der i længden tåler en sådan overdreven tilbedelse. Det var rigtig uforskammet grimt af ham at sige: — Pas du dit hus og dine børn og bland dig ikke i mit arbejde! Men han mente jo ikke mere dermed end et arrigt barn, der tramper på sit kæreste legetøj i vrede over noget ganske andet. Men ordene åd sig ind i Jeanne som en bebrejdelse — over hvad?

Han tvivler om sine evner, derfor er han modløs og pirrelig, og Jeanne, der gennem alle årene har haft nok med at føde børn og pleje dem og ham, står nu engang stille og ser sig frem og tilbage, og føler sig skuffet. Nu behøver hun nogle af de ømme ord, han i sin tid ødslede ud over hende, og han, der har hovedet fuldt af byggeplaner, finder, det er ørkesløst og meningsløst at *tale* om kærlighed, mellem to mennesker, der med deres hele liv har bevist deres kærlighed.

En af dem skulle vel blive dødssyg ... Så den anden glemte sine egne små bekymringer.

Nu får vi se. Lytter Jeanne til mit råd og lader børnene komme herop, bliver alting godt. De trænger blot til lidt luft og frihed. Ellers må jeg jo ofre mig og for anden gang jage jorden rundt med min lille rejsekammerat.

Så har jeg da igen været i mit gamle hjem. Det vil vare uger, inden jeg forvinder det gensyn. Alle spor var fjernet. Med en omhu og grundighed, som var hvert møbel, hvert billede inficeret med farligt smittestof. Døre var blindede, andre skåret ud i vægge, der før var hele. End ikke de rolige hvide kaminer var mere, i deres sted forgyldte varmeriste. Om jeg aldrig havde levet i de stuer, de kunne ikke være mig mere fremmede. Selv Richardts udskårne egekiste og panelerne fra hans mormors gård var borte.

Alt skulle jeg se. Min navnesøster — hun, der jo bærer navnet med rette — førte mig fra sted til sted, og det var, som spurgte hun ophørligt: — Er der vel noget mere, der minder om din tid?

Nej, intet mere. Slet intet mere . . .

Og da vi sad om bordet, hvor Richardt og jeg forhen sad ene med tjener bag stolen, var bordet fyldt til sidste plads med de børn, hvis tilbliven var betinget af min bortgang. Underligt. Underligt. Og vemodigt.

Jeg ser, hvor Richardt gør sig umage for, at jeg skal befinde mig vel, men også han er jo berørt af det sælsomme i situationen. Hun kalder mig fru Elsie, og så kalder jeg hende jo fru Beathe.

Uvilkårlig så jeg mig om efter det store billede,

Krøyer i sin tid malede af mig, det, Richardt holdt i ære som en guddom. Han så, hvad jeg søgte og slog øjnene ned. Da havde jeg lyst at sige: Kæreste ven, lad os ikke blive sentimentale. Det, der var, er ikke mere. Men billedet var et godt kunstværk, derfor kunne du uden skam have ladet det blive på sin plads!

Sådan noget tænker man, og siger det ikke.

Jeg skulle jo se døtrenes værelse ovenpå. Og dèr, dèr hang mit billede, mellem fotografier af skuespillere og skoleveninder. Engang havner det vel på pulterkammeret, hvis ingen tænker på at gøre det i penge.

At jeg ikke kan slippe den følelse af bitterhed og ydmygelse! De var dog så elskværdige og hensynsfulde allesammen. Men da fru Beathe spøgende foreslog et parti mellem hendes Annelise og min Kelly, var jeg lige ved at græde. Annelise er vist i bund og grund en sød pige, men jeg kan nu engang ikke tåle, at nogen ser ned på Kelly, fordi han har landlige manerer. Og det gør hun.

Hun har en skavank, den lille frue, hun er for pillen og proper. Jeg lagde jo nok mærke til, at hun havde løber over alle trapperne, men jeg troede, det var en forglemmelse, til jeg så, hvor hendes toilettesager var tildækket med flor midt om dagen, og hørte hende skænde på en af pigerne, fordi hun dækkede bord efter at have taget imod en pakke bøger og ikke vasket hænder først. Det generer også Richardt.

Når han ryger en cigar, sidder hun som på nåle af skræk for, at han skal spilde aske. Og himlen véd, han er da ordentlig nok, af et mandfolk at være. Hun opdagede en plet i den hvide vinduskarm, blot en vanddråbe tror jeg, men om hun ikke de tyve gange var henne at gnide og ånde og pudse på pletten.

Jeg er lidt betænkelig ved den omgang. Mig tilkommer det jo så lidt at bedømme hendes væren og ikke-væren, som det tilkommer hende at bedømme min. Men jeg kan ikke frigøre mig fra at kritisere. Jeg kan ikke komme bort fra, at det egentlig er mit hjem, hun går i, og ikke omvendt.

Annelise kyssede mig til afsked og spurgte, om hun snart måtte besøge mig. Det skal nu ikke være, når Kelly er hjemme, så meget er vist.

Og nu har de indbudt mig til stor middag.

***

Kelly skal have kjolesæt, der er ingen tale om den ting.

***

Kelly vil ikke have kjolesæt. Kelly vil ikke til middag hos Richardts. Så går jeg da alene.

***

Pyh, jeg er ganske ophedet. Det var en dejlig dag. Og det gjorde ordentlig godt en gang igen at høre smukke ord over sit ydre. Men de orkideer står nu fortrinligt til lilla silke, det gør de.

Det er også kun i Paris, man får dem så livagtige.

Annelise og jeg blev så gode venner, at hun trak mig med op på sit værelse og betroede mig, at det var rent galt med moderen. De måtte snart hverken gå eller stå nogetsteds mere for ikke at smudse til. Og barnet røbede den lille huslige hemmelighed, at nu ville moderen have soveværelse for sig, fordi faderen gjorde sådan

107

uorden, når han barberede sig. Når ingen lagde mærke dertil, gik moderen om med en klud og tørrede fodtøjet underneden. Om det da ikke var skrækkeligt?

Men jeg fandt jo ikke det hele så slemt, for med ét gik det op for mig, hvad der var på færde, og jeg trøstede det lille væsen med, at om et par år var den rengøringsmani som blæst bort.

Richardt lader jo som ingenting. Det være langt fra ham at beklage sig. Men hvis han tænker tilbage, falder det ham nok i sinde, at da jeg var i de år, gik alt sin vanlige gang både inde og ude.

Richardt spiller en mageløs fin bridge. Men at vi som tredjemand skulle få professor Rothe, det havde jeg dog ikke drømt om! Han lod, som om vi aldrig havde haft noget mellemværende. Og Lilis navn blev ikke nævnt.

Richardt sagde, da jeg skulle gå: — Du var jo festens dronning! Sandelig om jeg ikke blev rød i hovedet!

Mon han ikke i stille stunder skønner på det offer, jeg i sin tid bragte? Det var dog ikke nogen helt let sag at gå bort fra ham og det smukke hjem.

Men min gode samvittighed var mig løn nok, selv om jeg ikke havde fået den vidunderlige belønning, der hedder Kelly.

***

Jeg tror dog, jeg skal tage mig over at tale lidt med fru Beathe. Med lempe kommer man langt, og det gælder bare om, at hun selv ser, det er en sygdom, der følger med årene.

***

Som Kelly kan slide strømper! Og som han kan

smudse lommetørklæder til. Jeg tror tilforladelig, drengen bruger dem til at vaske vognhjul med.

***

— Mor, hvis *du* ikke havde taget dig af mig, så havde jeg nok siddet i Sing-Sing på livstid! —. Og så ser han på mig …

***

Det skulle jeg ikke have gjort! …

For andre eksisterede måske en sådan kummerlighedsperiode, for hende ikke! Hun vidste, hvad der påhvilede en ordentlig husmoder, der ikke lod fem og syv være lige og lod det hele forfalde i snavs og sjuskeri!

Men at jeg kom her og blandede mig ikke blot i hendes husførelse, men ville pådutte hende en sygdom, der kun var til i min fantasi, det var dog for galt! … Og så fik jeg en lang historie, som var til at både le og græde over. Herregud,, hun havde været skinsyg på min fortilværelse og ikke helmet, før hele huset var omkalfatret. Det var vel ikke meningen, at jeg just skulle have erfaret det, men nu brød uvejret løs. Og så troede hun, det var hævn. Hun levede kun for sin mand og sit hjem og sine børn, og hun satte slet ingen pris på at blive malet som skønhed af berømte malere. Og så fremdeles …

Hun var til sidst så ude af det, at jeg indrømmede, jeg havde taget fejl, hun var slet ikke i den farlige alder, og hendes rengøringstrang var ganske naturlig, og det var blot ønskeligt, alle andre husmødre ville tage hende til mønster.

Så blev vi jo venner, og hun fortalte mig, at hun var så lykkelig over, at jeg nu var helt rigtig gammel. Så-

dan en gammel uskadelig kone, der slet ikke mere talte
med.

En anden gang brænder jeg ikke mine fingre . . .

Det er dog virkelig besynderligt, som mennesker bliver glemsomme med årene. Glemsomhed kan det egentlig ikke kaldes, det er snarere en art halvbevidst forskydning af de faktiske forhold. Noget, der svarer til, at forældre over for børn gerne vil give det udseende af — og halvvejs selv tror —, at de som børn var nogle rene engle.

Som nu den kære Magna, der helst vil lyve sig bort fra den farlige alders misère! Magna er dog ellers et usædvanlig sandfærdigt menneske hun vil aldrig gøre sig bedre, end hun tror, hun er. Hun tror altså åbenbart, at hun gled let og fredeligt gennem de vanskelige år. Du gode gud! Vi var nær ved at blive uvenner derover. Og jeg mener, det er jo ingen skam, det tjener hende blot til så meget større ære, at hun siden blev det herlige, friske menneske, hun nu er. Men hun ville ikke høre tale derom. Det eneste, hun indrømmede, var Olaf, og det gjorde hun kun, fordi han nu engang er af kød og blod. Vi blev helt heftige begge to, og til sidst forløb Magna sig i den grad, at hun påstod, jeg havde været meget mere berørt af de år end både hun og Lili Rothe tilsammen.

Mod en så latterlig påstand faldt det mig jo ikke ind

at gøre indsigelse. Så vi blev da snart venner igen og fik vor rare lille fredagsbridge. Desværre var Kelly ikke med. Han og Olaf kommer måske til at våge hele natten over en syg ko. Det var jo nok, om den ene gjorde det, men hvor Kelly er, må Olaf også være. Gud velsigne Magna, som hun kan pludre om vores drenge. Jeg drikker ordene fra hendes læber. Det er så livsaligt at høre på. Magna mener, at det vil være godt for Kelly at blive gift allerede om et par år . . . Så det aner mig, hun tænker på en bestemt. Om det skulle være den nye husholdnings-elev? Ja, for mig når som helst og hvem som helst. Kun min drengs lykke . . . Så må vi jo også snart til at tænke på at skaffe ham en gård. Ham og Olaf.

— — —

Det kunne nu more mig at bevise Magna, hvem der har ret. Blot jeg kunne bekvemme mig til at gennemlæse, hvad jeg dengang nedskrev. Ja, sandelig, om jeg ikke vil gøre det i morgen den dag.

Jeg skammer mig. Åh, hvor jeg skammer mig. Og det er hverken indbildning eller falsum.

Det er skrevet ned af mig selv og under omstændigheder, der beviser sandheden af det skrevne. Jeg kan aldrig mere se Magna i øjnene, eller Jeanne . . . eller min dreng.

Og jeg, som de talløse gange har drømt og brændende ønsket, jeg selv havde født ham til verden! Jeg må ydmygt bøje mit hoved og takke til, at han ikke fik et sådant menneske til mor.

Jeg, der gik omkring som en anden påfugl, stolt af mine egne fuldkommenheder! Jeg, der ynkede de andre! Jeg, der tog mig en dommers ret til dom eller nåde

overfor de andre! Medens det inde i mig hoverede: —
Gudskelov, jeg ikke er som hun!

Det kan ikke slettes ud. Det kan ikke gøres om.

Nu, hvor min tilværelse kun er som en fredelig af-
tenstund uden anden syssel end den at se ud af vinduet
efter mennesker, der passerer forbi, og drømme lykke-
drømme for min dreng, nu begår jeg vel næppe syn-
derlig mange ting, der har glemselens slør behov. Men
dengang jeg stod midt i livet og kunne have benyttet
mine kræfter til gavn og glæde, da var jeg sådan . . .

Det kan ikke slettes ud. Det kan ikke gøres om.

Og jeg, der havde tænkt, at efter min død skulle Kel-
ly læse alt dette for helt at lære mig at kende . . . Så han
kunne foragte mig i min grav.

Jeg har ladet tænde op, skønt det er sommer, det er
min hensigt at tilintetgøre sporene.

. . . at tilintetgøre . . . Vil jeg hindre Kelly i at se min
sande usselhed? Er jeg så fej? Ja, så fej er jeg.

. . . Nej, Kelly skal have lov at læse hver tøddel, når
jeg er død.

Så kan han se, hvilket ynkeligt, lurvet menneske jeg
var, indtil kærligheden gennem ham kom ind i mit liv.
Så kan han se det store under, som kærligheden fuld-
bragte. Kelly har ret til mig i ondt som i godt.

Jeg føler mig så uendelig træt i aften. Det er, som om
denne dag skulle blive min sidste.

Dommens dag, hvor jeg stod ansigt til ansigt med
mig selv.

Men efter dommens dag kommer genfødelsens.
Kelly er min genfødelse.

Jeg beder ikke om et år, ikke om en time mere for

mig selv. Jeg beder kun for Kellys skyld, at vort møde hin nat ikke blev forgæves for ham. Den bøn bæres fra mine læber ind i evigheden. Vil den blive hørt?

Nu ringer de solen ned. Nu kommer Kelly hjem fra arbejde. Så stor, så stærk, så sund. Det er forårspløjningen. Og i morgen er det søndag. Så får jeg ham at se, hvis . . .

Kelly . . . Kelly . . . Hvorfor er du ikke hos mig i denne time? Kelly . . . Jeg velsigner dig, jeg takker dig. Bliv god . . . Bliv lykkelig . . .